AF416988

UNA COMBINACIÓN DE COSAS QUE SOLO TIENEN TU SENTIDO

Nicolás Di Cataldo

Di Cataldo, Nicolás
  Una combinación de cosas que sólo tienen tu sentido / Nicolás Di Cataldo. - 1a
ed. - Godoy Cruz : Tinta de Luz, 2022.
  206 p. ; 22 x 14 cm.

  ISBN 978-987-8942-18-6

  1. Literatura. 2. Narrativa Argentina. I. Título.
  CDD A863

UNA COMBINACIÓN DE COSAS QUE SÓLO TIENEN TU SENTIDO
Autor/a: ©2022, Nicolás Di Cataldo.

Ilustración, edición, corrección y diseño: Editorial Tinta de Luz
+54 9 261 3014073 | info@tintadeluz.com.ar | www.tintadeluz.com.ar
Mendoza, Argentina.

*

Queda hecho el depósito que establece la ley 11.723

ISBN 978-987-8942-18-6

Primera edición
Mendoza, Argentina 2022

¿Puede una introducción ser una despedida?

Hace seis años que tengo estos escritos. Eran tiempos donde escribía sin parar relatos, confesiones, anécdotas y cualquier cosa relacionada con aprovechar al máximo un momento que en aquel entonces definía como *inspiración*… Muchas veces bajo alcohol, cansancio o estrés, lo que importaba era que mi mente vomitara y dejara plasmado en un documento de Word o en una nota del celular un concepto que sirviera bajo el significado de mi *trascendencia*…

Y ante esas ideas, contagiado de una juventud que me fascinaba hasta el extremo, perseguía perfecciones inalcanzables y consumía libros de Galeano, Bradbury, Bukowski y Carver como si no hubiera mañana…

Hoy seguimos acá.

Pero, volviendo atrás, me dediqué a escribir una y otra vez en situaciones absurdas y bajo la influencia de todo aquello que pudiera deformar mi mente y mi realidad. Nunca tomé un curso de literatura ni nada por el estilo. Siempre fui un buen lector, pero tampoco de esos que conocen con maestría. Saben a lo que me refiero. Llega un momento en donde por más que se sienta el conocimiento del mundo entero si uno no se anima a accionar y sentir algo propio todo queda en la nada, perdido, evaporado ante la rutina y las peleas y los impuestos y las pérdidas y los años y eso que ya conocemos y nunca decimos porque es muy doloroso enfrentarlo conforme nos vamos haciendo más grandes.

Tomo aire. Ahora sí, continúo.

La cuestión es que escribí tanto que nunca me quedé sin ideas. Pero en ese sentir tan profundo que experimentaba con mis palabras me intoxiqué de ellas… Y terminé enamorándome. Dejé de mezclar con cervezas y lo mezclé con amor. Ahí se puso feo. Dejé de ser crítico y todo se privatizó, se convirtió en mi secreto, disfrazado de un horror ingenuo ante lo que el otro, ustedes, pudieran llegar a pensar sobre estas hojas.

Pero ya poco me importa.

(Aunque todavía sigue importándome, tampoco da para hacerme el superado.)

Ahora que vuelvo a leer este libro entero, me encuentro con que no coincido con muchas cosas. Como dije, eran años intensos y todo iba y venía, pasaba y a veces desaparecía para siempre y muchas otras se quedaba hasta que me ahogaba. No significa que ahora no haya intensidad, pero la visión y la opinión de muchas cosas han madurado… O al menos la importancia que le doy al tiempo es un poco más proporcional a lo que creo que realmente se merece.

Pero no todo es malo. Entre todas estas letras he encontrado alegría y algo mejor aún: plenitud. Me he sorprendido ante mis propios pasos. He exhalado luego de terminar un relato sin entender desde qué lugar pude escribirlo… He tenido lágrimas en los ojos ante otros que recuerdo exactamente de dónde provienen… Y dónde permanecen ahora.

Hay una combinación de cosas que solo van a tener tu sentido. De ahí el título. Sí, no es el más original, pero por todo lo que he venido diciendo, me parece una falta de respeto a mi yo más joven siquiera cambiar algo de la esencia de este libro.

Decidí dejar todo de forma cronológica, como lo iba plasmando, pero con el condicionante de empezar por el final: de alguna manera me resulta atractivo que vean la *desevolución* antes que el progreso. A medida que crecemos tendemos a volver con más fuerza hacia atrás: yo lo hago a través de estas páginas.

En su momento había escrito una introducción que terminaba con esta oración: "Es paradójico y hasta estúpido que la introducción de un libro sea justamente lo último que se escriba".

Ya no coincido, pero sigue sonando bien.

Y a veces, es lo único que debería importarnos.

(En off)

Ojalá que lo hayas disfrutado. Como sé que si escribo poco de esta forma podés llegar a deducirlo voy a escribir un par de palabras más para que la lentitud del proceso te lleve al cansancio y termines buscando un espejo... Lo más probable es que vayas al baño. Bien, ahora puedo continuar. ¿En qué estaba? Espero que realmente lo hayas disfrutado. Espero que tu cabeza haya explotado y que cada una de tus neuronas haya disparado vertientes de vos en todos lados: acá, allá, adelante, atrás, lo que pudo ser, lo que no, lo que puede venir, el perdón hacia vos mismo y hacia otros, tu libertad y tus grados de empatía. Todo eso y todo lo que ni siquiera he nombrado. Espero que mientras leas esto te estés viendo en ese espejo. Espero, además, que tus ojos, tus verdaderos ojos, se encuentren ahí, con vos. Y las pupilas se emocionen y vos te emociones. Realmente lo espero.

Hay que mirarse de tanto en tanto. No nos olvidemos de eso.

Nos estamos viendo.

"Ahí, el que sonríe"

Volvemos a encontrarnos.

Han cambiado muchas cosas. Ya no puedo asegurar que todo lo que haya escrito antes siga funcionando o no. Por lo menos yo dudo y me contradigo como pocas veces lo he hecho en mi vida. Es innecesario mentirles: como nunca en mi vida. Ya no sé muchas cosas: todo lo que era cierto se desplomó en un segundo. Vinieron nuevas ideas, nuevos retos, nuevos estilos de vida. Vino una nueva vida y se me pegó como una figurita. Ni siquiera tengo preguntas. Ya no existen las respuestas. Duermo poco, duermo entrecortado, pero no tengo sueño. Estoy ardiendo. Me quemo. Soy el nuevo del curso. Todo tiene un color distinto, una música especial, una sonrisa confortante. ¿Adónde me fui? Creo que es lo único que me sale preguntarme. Capaz que ustedes sospechan algo: tirenmé una señal.

He volado. Tengo plumas en los sesos, en las venas que me corretean, en las células que segundo a segundo se me mueren. Muero y vivo, me paro y me siento. Así todos los días desde hace no sé cuánto. Experimento por los recovecos. Gozo en los ritmos. Suspiro sobre otra piel. Me hincho del anhelo. Comparto mis secretos. Libero mis cargas. Me miro viendo a los demás. Bebo de lo existencial. Saboreo para no morir.

Me fulmino. Reviento sobre otros cuartos. Reinvento mi propia pieza. Entiendo algo más que la lógica. Y, de tanto en tanto, camino confiado, riendo en cada paso.

La incertidumbre se me para al lado y me mira con cara de *a mí no me preguntés*. Le comparto un porrón. Charlamos. Nos abrazamos. Se va un rato para ver a la familia, pero mañana vuelve. Así ha sido siempre, desde que era una idea, sin forma física.

Volvemos a encontrarnos. Volveremos a encontrarnos. Otra vez, en el mismo lugar.

Entre letras

Iba escribiendo cuando me caí. Como un demente, resbalé en una de mis propias pausas. Un mal cálculo de ritmos. Todo lo que llevaba encima voló por los aires: recetas, instrucciones, fórmulas, gráficos y hasta algún que otro consejo. Todo se desparramó sobre ese hueco sucio, sin aire y claustrofóbico. Miré hacia arriba: la distancia era larga y la cima, un anhelo.

Pasé un par de horas ahí. Capaz que fueron días, meses, incluso años. Mierda, capaz que estuve desde siempre. Estuve ahí sin necesitar comida o abrigo, sueño o luz, dar o entregar. Ni siquiera necesitaba de mí mismo.

Y ahí me quedé, en el hueco que está entre la D y la F. Salí casi por desconcierto ¿O es que siempre estuve planeándolo? Lo importante es que salí, y me dispongo a mostrar todo lo que he hecho. A mostrarme.

Qué feo

Qué lindo es conversar. Qué lindo es sentirse normal. Qué lindo es sentirse amado. Qué lindo es sentirse especial. Qué lindo es demostrar. Qué lindo es que entiendan lo que demostrás. Qué lindo es.

Qué lindo es sentir miedo. Qué lindo es sentirse parte de toda una estandarización. Qué lindo es sentirse contenido. Qué lindo es ser lo que uno toda su vida quiso ser. Qué lindo es ser lo que uno siempre odió. Qué lindo es saber que toda tu vida puede ser descifrada. Qué lindo es pertenecer.

Qué lindo es conversar. Qué lindo es eliminar tu egocentrismo. Qué lindo es saber que te reconocen. Qué lindo es amar perteneciendo. Qué lindo es suponer y tener la incertidumbre a flor de piel. Qué lindo es reconocerse. Qué lindo es, se odnil euq.

Qué lindo es estar en ellos sin sentirse normal.

Señor Robot

Estoy cómodo. En la semioscuridad me siento eficaz y activo. Vivo. Las elecciones son mías, no existe el descarte o el bien peor. Atravesar no es una opción cuando existe el traspaso. Opciones, multiplicidades, verdadero o falso. Todo está en bandeja, servido, entregado. No hay nada que no. Sí hay todos que sí. El negro es el mejor color: no expresa muerte o soledad, todo lo contrario. En cada una de las situaciones, en cada una de las letras que van saliendo encuentro y compruebo que estoy cómodo. Como siempre quise estar. Como siempre quise ser. El aire entra y sale solo cuando yo lo decido. Lleva el ritmo y las ganas que yo llevo. No se atrasa ni se apura: sigue mi tiempo… Mis tiempos, esa máquina que tiene solo dos botones. A o B. Sí o no. Cero o uno. Pensamientos o hechos. Amistad o amor. Hola o chau. No existen dos opciones: es solo blanco o negro. También podría ser amarillo o azul, verde o magenta… capaz que rojo o cian. Pero una opción, ni más ni menos. Todo redondo, todo cierra. Yo cierro. Yo entiendo. Yo veo. Yo ordeno. Yo siento. Yo pienso. Yo me cierro.

Estoy incómodo. En la semioscuridad me siento ineficaz y pasivo. Las elecciones no son mías, sobreviven por la más fácil o la que más me convenga. Abrir las puertas para volver a cerrarlas, siempre mirando hacia atrás, comprobando que la cerradura funciona. Mentiras, subjetividades, opiniones, el bien o el mal. Todo está esparcido, escondido, apropiado. Todo es un no: hay que jugársela por el sí… Pero el negro, el negro es el mejor color…

Y qué bien que se siente.

¿Hola?

Pensar me rompe el alma. Una y otra y otra vez dando vueltas como un idiota, siendo un incomprendido de mis propios pensamientos, atravesándome por cosas que yo no hice pero que igualmente me destruyen. El cerebro está realmente en el corazón. Todo lo que deseo es que esta vida se quite. Deseo que estas arterias se corten y dejen salir toda la inmundicia que tengo adentro. La basura que cargo por culpa de alguien más. Tal vez aflojando todos mis circuitos pueda reiniciarme y hacer de cuenta que nada pasó, que nada de esto es cierto.

No quiero dolerme más.

No quiero sonreír doliendo, hablar con otros doliendo, salir con mis amigos doliendo, convivir con el tiempo doliendo. Estoy cansado de tantas acciones sin necesidad. Paso por todos los estados, me convierto en todas las cosas que siempre quise y que alguna vez perdí, transito por distintos espacios dramáticos y termino estrujado, deshecho contra aquel cuerpo que siempre me sostiene cuando no queda más nada: mi cuerpo.

Es una linda noche para pensar: una y otra y otra y otra y otra y otra vez dando vueltas. Tratando de agarrarme la cola como si fuera un perro. Tratando de librarme de culpas, cuando en realidad, yo no tengo ninguna…

Golpea las paredes. Pide, con gritos desgarradores, libertad. Rompe sus puños en esa carne latente, en ese músculo que no se detiene ante nada. Ante nadie. Patalea y chilla como un niño, se cansa y minutos después vuelve a la carga con más potencia y presión que recién. Las paredes chorreantes de sangre aguantan, siguen latiendo. No lo dejarán salir, por supuesto que no. Poco a poco irán durmiéndolo con sus gases nostálgicos, sus bellos recuerdos, su imponente soledad. Poco a poco, la bestia del dolor dejará de rasgar la carne, dejará de gritar, dejará de corretear y se irá haciendo parte de esa jaula. Como tantas otras bestias que fueron extinguidas y muchas otras que vendrán. Salud por eso. Ninguna puede escapar: eso no tendría sentido de lógica, ni de naturaleza.

Esta bestia no se rinde, es especial. Está traída del infierno más profundo, entre pus y sobras: la traición.

Sigo acá.

No consigo sacar una sola lágrima. ¿Por qué debería llorar? Patético.

Verídica

Ella: —¿Qué hacemos?

El: —Seguir.

Ella: —Pero tengo miedo…

El: —Yo también.

Y así fueron y, además, vivieron felices... *Para siempre* es un recurso ficticio, así que mejor voy a decir *Vivieron felices sinceramente.*

Arroz

Queriendo saber por dónde empezar llego al final. Una y otra vez repito los mismos caminos.

Inevitable el desenlace que siempre me va a condenar. Como un pobre pelotudo, como una cabeza parlante, todo queda dentro de mí. Las acciones se enroscan y me engañan mientras que las lágrimas me las absorbe la rutina. *Filmemos en analógico,* me dicen, pero en realidad me estoy filmando a la vieja manera desde que nací. El rollo se acaba y usualmente deja que el torniquete siga apretando…

La verdad es que apoyar a otros duele. No quiero sus cargas. No quiero sus vidas. No quiero nada de lo que tienen. No me complementan, me hunden, me pudren con sus bostas y me dejan húmedo e infectado. Palpo mis heridas y duelen. No los quiero. Aléjense.

La verdad es que no puedo evitarlo. Prestame tus problemas, los cargo un ratito. Te los devuelvo a la noche, cuando más pesados se ponen. Duermo unas horitas y los paso a buscar donde siempre, a la misma hora, por la esquina en la que siempre esperaron... y jodieron.

Provecho

De vez en cuando presto mi oído. Le ponen una correa y, como buen caniche, lo sacan a pasear. En el trayecto le hablan y le siguen hablando y mi oído escucha y escucha. Levanta el mentón y los distingue ahí, expulsando sus miserias y llorando sus alegrías. Y mi oído los escucha, gustoso y sin quejas.

El problema viene cuando mi tímpano se cansa y desea hablar. En ese momento, los pecadores, aquellos impuros descargadores de lamentos, huyen, desaparecen del parque. La correa queda en manos de nadie y mi oreja abandonada.

Porque si, muchas veces he prestado mi escucha, pero cuando yo necesito hablar no hay un oído solidario. Y si es que alguno se queda es de esos perdidos, de esos que no oyen y que solo están pensando en lo que van a decir.

Así que me reservo las cosas y las voy mandando, a través de frascos, por la cascada del cerebelo. Créanme, esto mucho no me ayudó.

He descubierto (a la madrugada, cuando no) otra de mis tantas razones para escribir…

Bon appetit.

Descanso

Me tomé unas vacaciones de mí mismo. Por eso es que no estoy escribiendo, casi que ni leo, ni veo, ni trato de llegar a nada cognitivamente fascinante. Casi que ni pienso. Hago solo los deberes y escribo algún que otro guion que me piden. Pero no me estoy deteniendo en observar cosas simples, en formular situaciones extrañas o en recapitular experiencias pasadas. No, nada de eso: estoy de vacaciones. Mi cuerpo funciona, pero mi cabeza está en modo semiautomático. Aun así, sigo respirando. ¿Cómo se siente? Normal, creo. Como me sentía hace bastante tiempo atrás. Como se sienten muchos durante toda su vida.

No estoy pensando mucho. Ni siquiera me impulso de mis acciones. Solo soy un espectador que, valga el contrapunto, mucho no contempla. Acá ando, tranquilo y, debo decirlo, un poco aburrido.

Estoy de vacaciones. Pleno junio. Y yo de vacaciones. Capaz que de una página a la próxima mucho no se nota, por eso me tomo un minuto en escribir esto.

¿Qué estoy haciendo?

¿Qué estoy haciendo? Todos los días me lo pregunto. A veces surge como algo enorme, otras es solo un susurro en el tránsito. ¿Que estoy haciendo? No sé si hay una respuesta clara para eso. No sé siquiera si es una pregunta válida. Corriendo sobre la oscuridad desde el primer día, y la pregunta, con una boina verde sobre su cabeza, me persigue, se pega a mis hombros y todos los días se autopresenta como un *loop* marchito. Puede parecer una ventaja o un modo de ser consciente... es una maldición. Como aquel perro vagabundo que nos sigue y nosotros no podemos darle hogar; como aquella palabra de más que ya fue dicha e impresa para siempre en el otro; como aquella ráfaga de viento que choca sobre la nuca. ¿Que estoy haciendo? Es insistente y demoledora, no apta para débiles, no apta para nadie. Una maldición que todos anhelan y nadie sabe manejar.

Propina incluida en el menú

Me cago en el tiempo. Tengo que vivir cada día como si fuera el último. Eso es mucha presión. Me cago en todo lo que genera, en todo lo que saca. Todo lo que me saca. Siento y *desiento*. Entro y salgo. Así no hay cuerpo que aguante. Pero por alguna extraña razón, aguanto. Aguantamos. Es sabido que el tiempo no fue creado para nosotros. No nos pertenece ni siquiera un poco. Creo dominarlo y me siento poderoso, magnate de la eternidad. Pero rápidamente choco y caigo, me estampo, y entiendo que solo soy un punto y solo tengo un ratito. Un ratito... no estoy acá y tampoco estoy allá. A veces no pertenezco a ningún lado y tampoco me encuentro lejos de donde físicamente estoy. Soy nada del algo o algo de la nada. Quiero reír, pero también quiero llorar. Quiero amar y necesitar odiar. Quiero aprender a caminar, pero mucho más a volar... Quiero quedarme un ratito más. Tiempo, bastardo tiempo. Ser inquebrantable, resistente a plegarias, pedazo de forro ignorante. Tiempo, aquel que se lleva mis momentos, aprovechados o no... Qué idea de mierda, mejor no analizarla. *Mejor estar acá* dicen... *El pasado y el futuro son inciertos*. Yo me cago en todo: tengo miedo al tiempo y este no me teme a mí. Tal vez ni me reconozca. Gasto energías en el tiempo y este no me dice nada. Gasto amor en el tiempo y este no me lo devuelve. Gasto noches en vela en el tiempo y este no me las paga. Gasto bastantes cosas en el tiempo y este es indiferente…

Tiempo, aquel que se roba mi tiempo y, como comprobante, me deja una factura tipo A.

En la ducha

Si la verdad fuera hombre estaría en el diván de un psicólogo, llorando por traumas pasados.

Si la verdad fuera mujer sería fotógrafa, capturando los hechos que aún hoy siguen sucediendo.

Si la verdad fuera niño jugaría con barquitos de arrebatos y avioncitos de inocencias.

Si la verdad fuera solo verdad, el mundo sería más grande y todos viviríamos absueltos de pecados.

¿Domingo casi lunes
o lunes casi domingo?

Es como querer dormir con los pensamientos rasgando la puerta. Ruidosos pero sin llegar a ser molestos, los muy vivos me tienen. Me tienen y me sofocan. En cada una de sus fibras está el gen de la persistencia y sus principales certezas son las dudas. Y me tienen. Me hago el tonto y disimulo

¿Estará pensando en mí? Las preguntas de este estilo aumentan. Me siento sobre mi inconsciente como si fuera la cama de mi cuarto. Estoy descalzo y el piso de las incongruencias es helado.

¿Estará pensando en mí? Me hago el tonto y disimulo.

¿Estará pensando en mí? Me hago el tonto y disimulo.

¿Estará pensando en mí? El piso es punzante y me chupa. Hace frío, tengo frío. La puerta está toda arañada, y los pensamientos asoman imágenes plasmadas en sus ojos, mi perdición. Ya estoy dentro. Ellos ganaron, finalmente me tienen. Que sabroso y punzante a la vez. Que llenador

de vacío. Que satisfacción de lo imaginario. Que falsedad ante lo inexistente. Ya estoy dentro, e imagino. Me voy lejos de la realidad y especulo. El piso ahora quema, quema del frío. La puerta, rasgada hace rato, está abierta. Ya estoy tan adentro que dudo en cada parte de mi ser. Me tienen, me tengo…

La cama recibe mis vueltas. Ojos abiertos en la semioscuridad.

¿Estará pensando en mí? Me hago el tonto y disimulo.

El túnel está oscuro

No había tanto para pensar. Ni siquiera había tanto para sentir. Poco o nada había para inventar. La mentira sobre uno mismo era innecesaria. Las explicaciones quedaban fuera, al menos hasta un tiempo trágico y definitivo. Poco también había para decir o escribir. Los saludos se repetían y los abrazos, muchos forzados, sobraban. Cada aspecto educado o normalizado era en realidad regalos con grandes envoltorios, pero sin nada dentro. Quería condensar cada detalle y apretarlo como un bollito de papel para tirarlo, y que el viento o el suelo decidieran qué hacer con él.

Cuando tuvo que elegir qué quería que dijera el obituario y la tumba simplemente dijo:

"Ahora la palabra infinito tiene sentido".

Y con esa frase ordinaria de seis palabras y treinta y cuatro letras resumió y confeccionó en un minimalismo obsceno lo que el ser humano viene expresando desde las pinturas rupestres, con esas lanzas acercándose a un animal que ya se daba por muerto.

Próximamente 2

Pero muchas veces no lloraba de lo malas que eran, sino todo lo contrario. No podía evitar desenfundarse ante tal presión de sentimientos que esa pantalla le disparaba a quemarropa sobre la cara. Sus sesos hacían conexiones cada vez más rápidas buscando ayuda, revolviendo los cajones de ropa y muchas veces escarbando en los cestos de ropa sucia. Pero poco o nada encontraba en esos lugares que lo hicieran sentirse mejor. Hasta que pasaba, casi sin quererlo y con las manos en los bolsillos, por un recuerdo medio entumecido, sediento, que lo miraba de reojo ahí, al costado de todo. Y cuando se acercaba, el desnutrido olvidado quería escapar, pero le era imposible enfrentarse ante un sistema que ahora lo exigía. Entonces, se presentaba y daba su identificación, su número de recuerdo y lo tenían en el calabozo hasta averiguar sus antecedentes. Para cuando le pintaban sus dedos, dedos de acciones, dedos de miradas, el recuerdo era, valga la redundancia, recordado. Y ahí, mirando la película, los sesos lograban hacer una conexión y el que estaba buscando entre los cajones y los cestos comenzaba a llorar. Y si él lloraba significaba que el real, el físico, el que estaba mirando la película, también lloraba. Lo complicado era cuando el recordador recobraba un recuerdo hambriento con las manos en los bolsillos: era imposible que, en un intento desesperado por sacar las manos del pantalón, no se derrumbara. Y ahí, el real, sin siquiera entender el porqué, comenzaba a despedir lágrimas que, aunque las desconociera, tenían más valor de lo que él conscientemente imaginara.

Así que, para no llegar siempre a extremos, y que sus sesos estuvieran más calmados, él se descargaba escribiendo. Escribía de todo, escribía sin saber. De lo que fuera, lo que le viniera a la mente. Largaba cosas que ni sabía que tenía, y las despojaba con tanta libertad y autenticidad que la facetaególatra le golpeaba la puerta, puntual, para cenar. Allí se escapaba y acumulaba y acumulaba mares, letras, encuadres, vivencias, charlas, tareas. Llenaba el tanque y lo mantenía a tope durante un tiempo. Espiaba para ver si el sujeto agrandado se había ido y entraba de vuelta a escribir. Se dejaba el alma en eso, se partía el orto. Descomprimía todos los archivos y los vomitaba por cada agujero de su alma. A veces se sobreexigía y se provocaba arcadas y muy desde el fondo se desprendían restos, cáscaras duras que con el contacto del aire quedaban dóciles, expuestas e inseguras.

Vio que iba bien y tenía cantidad. Se le ocurrió una idea: escribir un libro. Largando lo bueno, lo malo y la bosta que tenía, que tenemos todos y que muchos eligen masticarla, como un chicle, por el resto de sus días.

Y como no quería ser tan obvio, pero tampoco quería ser tan misterioso, escribía a veces en tercera persona y se desligaba de preguntas pelotudas y tan impersonales como: "¿Te pasó eso?", "¿Por qué escribiste eso?" y todos los *esos* que se les ocurrieran formular. Pero tampoco quería dejar de ser un prólogo, aunque esté a esta altura, así que daba a entender que muchas cosas no eran verídicas narrativamente, pero sí sentimentalmente...

Así que ahí estaba, desenfundándose en esa pantalla y saliendo de su piel, por un ratito, para entrar en mundos tan lejanos como cercanos.

Un árbol nocturno se desliza sobre mi aire

Casi dos años... y sigo acá. Todavía, por ahora. También sé que ustedes siguen ahí. No todos, pero la mayoría. Ya va siendo hora de que cierre esto. El tiempo ha dejado de estirarse y me deja, por efecto de la elasticidad, en el principio. Me encuentro viendo otra vez mis escritos y me sorprendo de cosas que hasta el día de hoy (y tal vez nunca sepa) no sé de qué parte entre todas las venas, arterias y materia palpitante han salido. No me arrepiento de ninguno. En su momento fueron una arcada, un salto hacia qué sé yo dónde. Pensé tanto esa frase que me olvidé que iba a poner... Mejor voy cerrando. Siento que a partir de acá todo lo que escriba o teclee (en un principio) sin ningún tipo de sentido va a quedar desorgánico respecto de los demás. Tal vez algún que otro se cuele... Tal vez, después de este escrito otras palabras se avecinen a narrar algo con una mirada atípica a lo ya leído. ¿Se entiende? Espero que no sean tantos. Espero que no haya ninguno. Suponer es gratis, así que realmente deseo que lo que venga a partir de este punto sea una conclusión temporal y lógicamente, placentera. Sé que todavía queda un cachito que desconozco.

Ya casi, ya casi.

Ya

Tengo miedo. Tengo muchísimo miedo. Siento que todo es demasiado frágil y que de la nada se puede ir al carajo. Pero al contrario del primer pensamiento, eso me mueve. ¿Qué estoy esperando? Nada ¿Qué estoy buscando? Todo ¿Adónde voy? Ni idea. Hay que seguir. Aprovechar todo. Ya no sé realmente cuánto tiempo me queda. Y tengo miedo. No me malinterpreten, no tengo alguna enfermedad crónica o alguna de sus variantes. Pero tengo miedo. ¿Y qué pasa si mañana…? ¿Y qué pasa si hoy...? ¿Y qué pasa si justo ahora...? Ese *y qué pasa* me destruye, me separa y me vuelve a armar. Me deja desesperanzado y llena de capacidad la mente. Cada vez que quiero dejar de hacer lo que sea, pienso eso. Día y noche, todas las horas me corrompen y me torturan con sus problemas, me escupen su espontaneidad, se cagan en mí y en vos y en todos desde el principio del universo. Egoísta inmundo, el momento te saca lo que te hace feliz: te roba una juntada, te aplasta las sonrisas, te desgarra el tiempo, tus ganas, muy de a poco, como buen accionista de la bolsa del más allá. Todos pagamos hipoteca, queramos o no. Basta, basta por favor. Es un sistema que nos consume, nos deja agujereados, exprimidos, nauseabundos, incoloros. Y todas las quejas se van hacia el capitalismo, que al final no es más que un hijo bobo de este mafioso silencioso, sicario empedernido, libre de realidad, lleno de ficción... ¿Qué hago? ¿Qué busco? ¿A quién carajo le importa? Me paro y me voy. Hago eso y lo hago. Te lo juro, pero no te lo juro por Dios, te lo juro por el tiempo. Te lo juro por mis minutos, te lo juro por mis intensidades, te lo juro por mi realidad. El álbum de figuritas lo estamos llenando hace rato… ¿Quién lo va a terminar? ¿A qué puedo referirme con terminarlo? Ni yo lo sé. ¿Es que acaso alguien se va contento? ¿Es que acaso alguien se quiere ir? Y no hay que confundir satisfecho con contento. No, por algo creamos el lenguaje. ¿Y para qué quiero aprender otros idiomas si todavía soy un púber con el español? Me busco en mis propias oraciones, me pierdo en mis puntos, repito mucho la palabra *algo*, me caigo de mis propias invenciones. ¿Qué hago? ¿Por qué? No tengo ni idea. Me interrogo y analizo lo indescifrable. Quiero estar. Me quiero tomar una cerveza bien fría. Ir al calor del sol y apoyar los pies en el piso. Levitar sobre un pensamiento influenciado por el corazón. Volar sobre mi cabeza en el invierno de julio. Arrodillarme sobre mis metas y buscarlas debajo de la cama. Saltar sobre la cima del miedo desconcertante y caerme de lleno sobre el colchón de los que se atreven. Las ideas fluyen solas, solo es cuestión de abrir la canilla. Pero tampoco es tan fácil: incluso el agua caliente tarda en salir. Así que me siento y leo. Me siento y veo. Me siento y dibujo. Me siento y me leo. Me siento y me veo. Me siento y me dibujo. En el agujero del exterminio caemos como arroz pasado hacia la comprensión. Qué tarde: tardanza y media falta. Hace falta llegar a esos lugarcitos un poco antes, no vaya a ser que no haya wi-fi allá arriba, o allá abajo, vaya uno a saber. Quereme acá. Dejame de romper las pelotas, con todo el amor del mundo. ¿Qué estamos haciendo? ¿Qué estás haciendo? Servite un trago más, bailate esa canción pedorra, emocionate con esa basura, mirá como el humo se mezcla con la luz blanca. ¿Qué vamos a hacer cuando todo arda? Decime, dale. Te escucho en completo silencio. No quiero tener más miedo. ¿O sí quiero? En realidad, sí quiero. Pero no así, de otra forma... formas, formas, ¿qué formas? ¿A quién engañamos? ¿Qué invento asquerosamente justificado hemos hecho? ¿Desde cuándo tuvimos la necesidad de entender el todo? ¿Qué buscamos? ¿Qué busco? No sé si lo quiero, dudo. ¿Y después? Que aburrimiento. Que depresión. Mejor me muevo lento, me muevo rápido… me muevo moviéndome. ¿Entendés? Me muevo, transpiro, respiro, exclamo, tiemblo. No lo ostento, lo demuestro. Dame todo lo que tengas. Pero damelo ya. Tomá mi parte, te la encargo. La rompés y te cago a patadas. Ya está. ¿Qué hago? ¿Qué hacés leyendo? Movete, dale. Movete que yo me muevo. ¿Vamos juntos? Así nos ahorramos el lamento. Y el mal rato.

Te doy mis letras

Dicen que un buen escritor deja todo. Se desarma ante la realidad, su realidad, y entrega en forma latente las palabras: como un nervio sensible, estas se balancean sobre el papel, sobre la pantalla. Sangran. Sangran asco, sangran violencia. Lloran por la paz. Le rezan a lo terrenal. Algunas veces, no tantas, levitan entre lo memorable.

Dicen que un buen escritor toma todo. Cada incongruencia que detecta la caza con sus propias uñas y la mastica con las muelas hasta el entumecimiento. Une los errores que cree que son reparables y reflexiona sobre los tajos que escupen lo inabarcable. Se empecina por conseguir situaciones abrumadoras y, al final, magnifica la realidad más cotidiana y mundana. Escribe por la verdad. Reformula en contra de lo trivial. Corrige para trascender.

Dicen que un buen escritor escribe. Cuando sea, como sea, mientras sea. En realidad, no dicen: "Lo digo yo". Capaz que algún otro también lo exclamó alguna vez, quién sabe.

Humedad

El espejo le devolvía impotencia. Lo iban a echar, estaba seguro. Tendría que salir a buscar trabajos aburridos y monótonos. Toda una vida dedicada al arte vomitada por un solo golpe al estómago. Pensaba en sus inicios y sentía nostalgia; pensaba en su final y no podía evitar sentir indiferencia.

El llamado se manifestó: cinco minutos. El hombre se vio y su reflejo fue una burla. Aun así, terminó de vestirse y tomó lo que quedaba en esa petaca. Las papilas no le respondieron, pero tampoco le facilitaron la tarea.

Abrió la puerta y se dirigió al escenario: el silencio era absoluto. Cuando llegó al final del corredor una persona con enormes auriculares le dio el pase. El hombre avanzó y se sentó en esa silla desprolija de madera, carcomida y con olor a podredumbre.

Alguna que otra tos lejana lo separaba de lo que hubiera tras el telón. Cuando el mecanismo chirrió sutilmente, cerró los ojos y esperó el fogonazo de luz sobre su cuerpo. Le divertía ver sus párpados desde adentro, con ese color piel semioscuro, abrir los ojos y perderse en la negrura del público expectante. Muchas veces imaginaba que había solo niños en las salas: incapaces de criticar, dispuestos a absorber. Otras veces imaginaba que no había nadie y que los respaldos de las sillas al fin se daban el lujo de mirar una obra y emocionarse hasta el desgarro.

Pero esos tiempos habían acabado hacía muchos guiones. La sinceridad se había convertido en obligación y la ficción, en rutina. La expresión había quedado marginada por la crudeza de los horarios, y ahora, el hombre se sentía estreñido de aptitudes.

El fogonazo le llegó claro y puntual, pero él no reaccionó. Del lado contrario la negrura esperaba entre movimientos arrítmicos y saliva expectante. El abominable desconocido esperaba... Pero él se mantenía rígido y con los ojos cerrados.

Las primeras toses incómodas aparecieron, las butacas crujieron levemente. El hombre no se movía, a pesar de que a sus costados y detrás del escenario cientos ondulaban el aire para que despertara.

No, no estaba dormido: estaba negado. Recurría a una forma de protesta contra él mismo que había traspasado los límites. ¿Seguiría así? Estaba seguro de que sí. Pasos sobre la madera, puertas a lo lejos se abrían y se cerraban. Un murmullo constante rebotaba por el lugar...

El hombre tembló.

Fue muy leve, y algunos callaron. El hombre dejó de ser hombre, y en su mente, detrás de sus ojos, corrió por el campo ventoso. Observó las nubes grises que ahora lloraban con disimulo, sintió el pasto empujándole los tobillos, escuchó el lamento de las cabras apenas se despiertan. Y al darse vuelta, su madre, radiante y con fuerza, lo llamaba para desayunar. Entonces el agua le pegaba en la cabeza y en todo el cuerpo y él corría junto a la lluvia, no para refugiarse, sino para jugar con ella. Y su madre se apoyaba en el marco de esa puerta despintada de madera y lo observaba sonriente, mientras se acomodaba el pelo. Y él se sentía planear e incorporaba cada una de esas lágrimas de felicidad hasta en las puntas de los dedos. Y entraba a la casa y todo estaba vivo, brillante, especial. El sol se distendía, y la vida daba cada día un agradecimiento en el ocaso. Las cabras hablaban de regreso a sus cabañas y él prometía que algún día las entendería…

Abrió los ojos. Los murmullos desaparecieron. Muchos pasos quedaron suspendidos en el ambiente. El hombre se sacudió su viejo poncho y se paró a contemplar al público, o más bien, a la larga y cercana cordillera que se manifestaba con decisión ante sus ojos.

La obra había comenzado.

No existen finales felices, pero sí finales satisfactorios. A partir de ese momento el hombre dejó de actuar… Y comenzó a ser.

Mayo

Te vi correr y refugiarte. Estabas todo contracturado, los músculos acalambrados te pedían a gritos que frenaras y las suelas de los zapatos te quemaban a propósito por la misma razón. El cuero cabelludo se insertaba en tus sesos y te prohibía pensar. Te vi correr y ser devorado. El impacto te dejó tiritando sobre un cemento seco que se fue humedeciendo con tu sangre. Tus ojos me miraban desde ese pañuelo que te tapaba la nariz y la boca, y yo no sabía qué decirte, de qué forma mirarte, expresarme. Entre gases y humos blancos, negros y grises ahí estabas, boca abajo, con los brazos en formas incómodas y un tic en el pie chueco. Me mirabas y yo no sabía qué decirte con mis ojos. Mi boca no funcionaba: no encontraba la tuya y las palabras se perdían. Mis oídos estaban apagados ante tantas explosiones, gritos y cánticos llorosos. Mis manos tampoco recriminaban o aceptaban tu cuerpo, estaban entumecidas de tanta tristeza. Y vos me mirabas, como si no tuvieras parpados, y yo no sabía con qué ojos expresarme. Me dijiste *te quiero* con esas retinas, *andate antes de que sea tarde* con esas pupilas y *viva la patria, pero mucho más, que vivas vos* con esas venas rojas y a punto de explotar sobre la superficie cercana al lagrimal. Y yo te miré y te dije *hasta mañana* y me di la vuelta y los oídos solo se activaron para remarcarme cuatro tiros, cuatro explosiones del alma, cuatro gritos sagrados de nuestro himno. Y me vi corriendo y refugiándome.

Estabas todo contracturado, pero bajo ese pañuelo rojo, sonreías.

Un recuerdo me saluda desde la página impresa

Era muy distinto. Di un giro completo y sí, definitivamente era distinto. Un poco raro de explicarlo ya que era común, pero a la vez distinto. Parecía un niño en una juguetería, había de todos los tamaños y estilos. Uno a uno se proyectaban en esa pared lisa mitad blanca, mitad polvo. La tinta negra tenía personalidad y aspecto, de alguna forma quedaba muy bien ahí. Desde el inodoro fue difícil despegar la vista: cada ojo descubría voces que sonaban, aunque recién hubiésemos pasado por allí y nada nos sorprendió. ¿Qué tramarán todas estas palabras? ¿A dónde querrán llegar con sus mensajes? ¿Cuál es el objetivo de estas frases tan claras? Más de una canción tarareé viendo esas paredes. Más de una también, desconocí. Algunos versos estaban arriba, casi en el techo, otros se escondían detrás del lavamanos o entre la ducha. La escasa luz que proporcionaba el foquito bastaba para que ese baño se convirtiera en una cueva de anhelos. Biblioteca de pasiones, embajada de la poética... La luz de la luna hacía su sutil aporte.

Yo seguía ahí, en una juguetería transgénica, de esas dedicadas a los adultos. Con una sonrisa y todo, terminé, ahí sentadito, lo que había empezado.

...bia de tema lo nota...

A sus espaldas, la tarántula invade la esquina. Se aferra con sus patas de dos metros en ambas paredes violetas. Los pelos que posee son tan gruesos como unas sábanas enrolladas. Los colmillos chorrean un líquido pastoso que rebota en los zócalos y produce un ruido seco.

La tarántula, con ojos sospechosos, lo mira.

El muchacho traga saliva: no mueve ni el aire que pasa debajo de sus fosas nasales.

Mira a la tarántula y la deforma más de lo que es. La araña se mueve sutilmente, agarrándose un poco mejor a la pared. Sus ojos no se despegan de aquel humano, sentado en una posición incómoda, mirándola casi de reojo.

El joven frunce el ceño y se pregunta por qué la música ha dejado de sonar. Solo cambió de tema, nunca apagó el reproductor. No tiene intención de girarse, pero sabe que tampoco podrá estar eternamente en esa posición.

La araña baja un poco. Apoya dos de sus patas en el piso. Su aguijón rezonga en el ladrillo. Respira con dureza.

El chico no se mueve. Espera su momento, aunque no sabe qué momento tiene que esperar. La tarántula salta encima del humano. Lo aprisiona con sus patas y le atraviesa un colmillo en la cara. Parece que se ha quedado corta de telaraña. Aun así, el chico nunca pudo gritar, ni siquiera sintió su muerte.

Se escucha un tema sonando. La tarántula se da vuelta. El chico destrozado abre el ojo sano que le queda. El tema musical se corta. El muchacho se da vuelta y ve a sus espaldas la tarántula invadiendo la esquina del cuarto. Esta lo mira. El chico abre sus dos ojos del asombro. Cuando saca la mano del teclado de la computadora, la tarántula salta y le clava un colmillo en la cara.

El chico se despierta en la clase, pegando un grito. Los compañeros, incluso el profesor, lo miran desconcertados. El chico está disculpándose cuando en una esquina ve a la tarántula. Esta lo está mirando. Basta con que la señale para que le salte encima y lo mate.

El chico cae de la cama. Llora con alaridos. Gira su cabeza como un rulemán mirando las esquinas de su cuarto. Nadie, ni nada. Llora un poco más y ve la hora. Se le hace tarde. Va al baño y se lava la cara, mira al espejo y se ríe mientras pone caras demoníacas. Hace pis y corre la cortina del baño...

La tarántula, metida en la bañera, lo está mirando. El chico decide quedarse quieto hasta que se despierte.

¿Hasta que se despierte? Piensa. Se mueve. Muere. Está escuchando música cuando siente un ruido por atrás. Y cuando cam...

Yendo

La primera oración terminará siendo la última. ¿Por qué? Todavía no lo sé. Pero es tan seguro que así será. Aunque se lo vea a lo lejos y uno ya se desespere, las cosas no pueden cambiar: desde el último costado visible del horizonte, aparece. Aparece pasivo, en realidad estaba esperando aparecer. Así, bien desde el costadito, viene caminando. Los yuyos le acarician los gemelos. El viento le zapatea en la frente. Los parpados se protegen ante los insectos. Esperando, el momento me aplasta. Se avecina y yo desconozco sus intenciones o sus matices. Espero, me quedo. Todo empieza a reducirse. Las cosas cambian de tamaño, ¿o en realidad cambia la luz que les llega? El atardecer es seco, limpio. No hay nada que sobre. Nada que falte. Definitivamente no es el cuadro que un pintor capturaría. Postal de un día de entierros. Más que luz yéndose, hay oscuridad llegando. Todavía no es su turno, pero pasa igual. Y, desde el horizonte, el tipo va aumentando. El momento cada vez está más encima de mí. Las venas florecen en mis brazos: el esfuerzo es extremo.

Allá viene, con su pedantería habitual. Toda desparramada de cosas innecesarias, de justificaciones baratas. Despacito, serena, hace rato que me vio. Y hace rato que yo estoy caminando hacia ella. No me voy a detener, eso sería hacer trampa. Nunca me he detenido y no pienso hacerlo ahora. Que el choque sea cósmico. Que el choque nos mate a ambos. Pero cambiar el rumbo, jamás.

Está muy cerca. Esos ojitos. Se viene riendo.

Escuchó algo. Me volvió a ojear y se fue para la derecha. Seguro alguno está yendo por el atajo o volviendo sobre sus pasos.

La mala suerte estuvo ahí nomás. Se me vino, pero antes de que llegara, se me fue.

Lo mío es tuyo, y viceversa

—¿Qué me estás queriendo decir?

—Que sos un cagón, Marcos. Eso te digo. Bien cagón.

—Andá a cagar.

—¿Ves? Te ofendés y listo.

—Perdoname... andate bien a cagar.

—Un adolescente parecés.

—Y vos un viejo choto.

—¿Por qué? Porque te digo la verdad.

—Será tu verdad, Pablo, la mía no.

—¿Cómo que no? Es nuestra verdad, te guste o no.

—¿Vos sos medio tontito o qué?

—Vos sos medio putito, Marquitos...

—Ya empezaste...

—Sí, ya empiezo. Pasa que hacés lo que se te canta el culo, valga la redundancia, y después esperas que todos estén de acuerdo con vos. ¿No es tan fácil, sabés? Tenés que preguntar.

—Ahhh, la mierda, ahora tengo que preguntar... ¿Y desde cuándo es eso?

—Vos sabes muy bien desde cuándo...

—Esa vez fue una excepción. Ese tipo era un animal.

—Animal o no, la pasamos todos mal por tu culpa. ¿O te crees que sos el único que sufriste?

—Les pedí perdón.

—Perdón los huevos, Marquitos. Por si no te diste cuenta eso significa que de acá hoy no te movés.

—O sea que ahora me das órdenes.

—Claro, porque vas por ahí y te cagas en todo.

—No es así...

—No pensás un carajo…

—No es así...

—Y después te agarrás un bruto que...

—¡Basta! ¿Me vas a condenar toda la vida por eso? ¡Fue un error! Y nunca volvió a suceder.

—Bastó para hacernos mierda, o no te acordás...

—Sí, me acuerdo, Pablo, sí me acuerdo.

—¿Entonces?

—¿Entonces qué?

—¿No soy claro?

—Voy a hacer lo que quiera.

—Ves que sos un puto de mierda.

—Calmate o nos vamos a las piñas.

—¿A quién le vas a pegar vos?, resentido...

—Che, ¿y si la cortan?

—No te metas, Juan, andate a dormir.

—¿Viste cómo se pone Juan? No me deja salir ahora, lo único que faltaba.

—Obvio, no te voy a dejar mientras vos andas por ahí haciendo guarangadas.

—Cómo exageras Pablo…

—No lo defiendas, ¿o acaso no te acordás cómo te pusiste? Lloraste una semana entera Juan.

—Bueno, pero ya pasó.

—Eso no es lo que dijiste en ese momento...

—¡Basta! Voy a salir y ni vos ni nadie me lo va a impedir... Me voy a maquillar.

—¡Vos no vas a ningún lado!

—Ay, ¿qué hacés? ¡Soltame, infeliz! ¡Dejame en paz!

—No te dejo un carajo.

—Che, Pablo, pará un poco loco, lo vas a lastimar.

—Cerrá el orto Juan, en serio te digo.

—Pablo, relajá, nos está haciendo mal esto.

—Juan, cerrá el orto.

—¡Sos una basura! ¡Dejame salir, dejame salir!

—No-vas-a-sa-lir... ¿Fui claro?

—¿Te tengo que rogar? ¿Me tengo que arrodillar?

—¡Levantate! Ni aunque llores toda la noche te voy a dejar salir.

—¡Me das asco!

—¡Vos me das asco a mí usando esa ropa de amanerado que usás... Andá a cambiarte, forro!

—¡Soltame, soltame!

—¡Pablo!

—Andá a dormir, Juan

—Te voy a cagar a piñas...

—¿Vos a mí? ¿En serio? ¿Después de todas las veces que estuve sacándote de quilombos? Culo cagado, malagradecido...

—Que picudo sos, me cansaste...

—Dale, vení, turro de mierda…

—¡Calmensé, chicos! Ya me voy a cambiar, basta por favor. Está bien, Pablo, está bien, hoy no salgo.

—¡No! ¡Que la fume este gil! Siempre haciéndole caso. ¿Quién carajo se cree que es? ¿Quién te creés, Pablo? ¿Acaso sos el más copado que venís a decirnos lo que podemos o no hacer? Bien que vos te drogás hasta quedar ciego y nadie te dice nada...

—Es distinto...

—¿Ah sí? ¿Estás seguro? ¿Distinto en qué? Al otro día dolores de cabeza, contracciones, náuseas, mareos. Hasta alucinaciones un par de veces.

—¡Yo mando! Acá se hace lo que yo digo. Andate a tu habitación, Juan. Ya mismo.

—No loco, basta, me cansaste...

—¡No! ¡Separense! ¡Chicos! Ay, no, no... Por favor.... ¡Se van a lastimar!

—Pendejo de mierda…

—¡Pablo!

—Mañoso…

—¡Pablo!

—Conformista…

—¡Pablo!

—Mugriento…

—¡Pablo!

—Negro asqueroso…

—¡Pablo!

—….

—….

—¿Qué hiciste Pablo?

—…

—¡Qué hiciste!

—…

—¡Asesino!

—…

—¡Hijo de mil puta!

—Pero...

—¡Asesino!

—Pero si... pero si…

—¡Lo mataste!

—No... No... Está inconsciente nomas... mirá, mirá... todavía respira

—¡Animal!

—Callate ya.

—¡Sos una bosta, Pablo, una bosta!

—Andá a cambiarte, o te cambio yo.

—¿Cambiarme? Sí, me voy a cambiar, mirá como me voy a cambiar...

—¿Qué haces? Dejá ese cuchillo Marcos... Marcos, Marquitos, calmate boludo... ¿Dejá eso querés?

—Ahora es calmate boludo... Sos patético

—Pará, pará...bueno… Bueno pará, salí si querés hoy...

—No quiero nada ya…

—Dejá eso entonces…

—No.

—No me obligues a...

—¿A qué? ¿Qué vas a hacer? Puerco.

—Marcos, calmate. En serio, pará. Sentémonos a hablarlo...

—¿Qué vamos a hablar? ¡Mirá como dejaste a Juan, hijo de puta!

—Se me fue la mano pero está bien, mirá...

—No miro nada... te odio, Pablo…

—Pará, pará…

—¡Te odio!

—Calmate…

—¡Sos lo peor que nos pasó!

—Tranquilizate…

—Ni siquiera después de lo que paso con Hernán recapacitaste...

—Eso fue un accidente…

—¡Sos una lacra!

—Y sabés que fue un accidente…

—Ya no sé nada ni tampoco quiero saberlo…

—No, no...

—¡Estoy harto, harto!

—No, no… ¡Pará!

—Llegué a mi límite…

—¡Soltá eso, no, no...!

—Ya no hay vuelta atrás, Pablo…

—Vení, dame eso, damelo…

—Vení y sacámelo, drogadicto

—¡No, no!

Marcos se lleva el cuchillo al cuello con la mano derecha. Pablo hace todo lo posible para frenarlo con la mano izquierda. Al ser el derecho el brazo más fuerte, Marcos avanza hacia el cuello. Pablo dobla la rodilla derecha, que cae pesada. A pesar del dolor que les provoca a ambos, Marcos mantiene lo mejor que puede la compostura con la pierna izquierda. Pablo trata de alejar el cuchillo del cuello. El brazo derecho retrocede. Marcos corta la mano de Pablo. Ambos gritan simultáneamente de dolor. Pero Marcos ignora la sangre cayendo a chorros y los alaridos de Pablo y empuña con fuerza el cuchillo de acero, que traspasa su cuello, el cuello de ellos, hasta que la madera del mango choca con la piel...

Quince segundos bastan para desangrar a tres personalidades a la vez.

Aniversario

Reímos, entre copas y comida en abundancia. Planes futuros sobrevuelan la mesa y cada uno aporta sus ganas. Todos estamos a gusto. La comida sigue pasando y las bebidas nos saludan frente a nuestras narices. No puedo evitar ser el bufón de la mesa y hago chistes en bilingüe, me arriesgo a la vergüenza máxima. Las carcajadas explotan y sé que por esta vez me ha salido bien, pero no debo aprovecharme de mi astucia. Cada mirada y sonrisa compartida me muestra que el mundo está más vivo que nunca, que el entorno varía según cómo estemos y que hay larga vida para rato. Golpeamos la mesa de la risa. Los que nos rodean miran extrañados. Nadie en este lugar ni en el mundo puede quitarnos la alegría de vivir un momento como este, por más chico que les parezca. Estamos vivos y nos multiplicamos al hablar con los demás. Tenemos razones al sentirnos queridos y entendidos. Nada de lo que sucede es efímero. Cada cosa queda guardada y se empapa de lucha: una lucha a la que entramos corriendo y le decimos "Enfrentame, cagona". Y así saboreamos cada minuto y cada mueca y el minuto se nos hace largo y pastoso en la boca, de nunca acabar. El tiempo se sumerge en una elipsis personal y una burbuja con alma nos recoge dentro. "Vení, cagona. Da la cara y haceme frente ahora". Pero en estos momentos ni siquiera aparece.

Cuando haya arrugas de más, sillas chirriantes, algo de Alzheimer, ojos apretados y medias con agujeros, ella se presentará triunfal, respetuosa y se sentará al lado de cada uno de nosotros para darnos las buenas. Me gustaría saber si son días o noches, pero no puedo asegurar lo que desconozco. Y allí, en esa misma mesa habrá otro grupo, lleno de vida y con ganas de empezar que celebrará los segundos, se reirá con los minutos y disfrutará las horas que tenga. Seguirá girando o rotando lo que tenga que hacerlo, y yo, aquí o allá, reiré de cada chiste tonto y plano que se me ocurra en el momento. Y trataré de que los demás se unan a mi frecuencia...

Más temprano, ese mismo día, un amigo me comentaba, mitad chiste mitad horror: "Imaginate que el fin del mundo te agarrara estando en ojotas".

Un hipotético caso subsidiado
por la excepción

Ante una devolución, en esas donde uno se juega la vida, yo esperaba alguna respuesta, al menos, confortante. Soy de los que aceptan críticas, pero, constructivas o no, me duelen igual.

Cuando la respuesta no fue instantánea pude oler algo feo: si la devolución tarda, muchas veces se viene un estallido.

—¿Y?

—Uff, esto es… —se queda callado y lo mira de arriba abajo, tratando de penetrarlo sin éxito.

—Decime pues.

—No sé qué decirte realmente.

Me descoloca. Dudo y le pregunto:

—Y eso… ¿Eso es bueno o malo?

Me observa y me dice:

—Es tuyo.

Lo mío es tuyo, sin viceversa

E es un tipo de mediana edad, laburador. Soltero, vive en un departamento que alquila penosamente y sin muchas comodidades. Llega con suerte a fin de mes. Un poco solitario, no frecuenta mucho a personas cercanas: al mudarse del interior a la capital para continuar con su carrera de diseñador gráfico visita pocas veces por año a su familia y amigos. Como es nuevo en la frenética vida de ciudad, no tiene muchas amistades, solo algunos conocidos.

Y no tiene a nadie cercano con quien hablar. Esto ha hecho que comience a conversar solo. Aunque al principio pensaba que estaba loco, se dio cuenta de que esto lo relajaba: no es lo mismo guardárselo, aunque uno lo piense y lo vuelva a pensar permanentemente que hablarlo y escupirlo a quien sea.

O a lo que sea.

Porque primero lo hacía en los largos viajes que realizaba en subte por las noches, y, cuando quería acordarse, le estaba hablando al televisor, al celular, al vaso, al cepillo de dientes, a la comida instantánea o a la lámpara del escritorio.

De vez en cuando hablaba con el espejo del baño, pero le incomodaba su aspecto, y lo evitaba. Y así, algo que solo hacía por las noches, comenzó a hacerlo por las mañanas… luego por los mediodías… después por las tardes. Les contaba sus problemas a todos: desde la caja de cereales hasta la fotocopiadora del estudio. Todos escuchaban sus lamentos, sus pocas ganas de salir los fines de semanas, que le habían aumentado el alquiler del departamento, etc, etc.

Y cuando se quiso dar cuenta, ya le había contado sus historias a cada uno de sus conocidos, por lo que buscó nuevas compañías, para que los de siempre, los que eternamente estaban, no se cansaran. Y así empezó a hablar con los autos del estacionamiento, los tachos de basura de las plazas, los cajeros automáticos… Incluso hasta con las columnas de hormigón de los subsuelos.

Todo marchaba bien. Se sentía contenido, equilibrado.

Un día salía del baño del trabajo, luego de haber conversado sobre el clima con el secador de manos, cuando vomitó en el piso de su oficina. Al parecer la comida instantánea iba a matarlo más temprano que tarde. Pero no podía evitarlo: con suerte llegaba a fin de mes.

Ese día, ya en su departamento, el médico le recetó reposo durante una semana. Sufría de una gastroenteritis muy fuerte. Por suerte para E, esos días no se los descontaban de su mísero sueldo…

Así que pasó los siguientes días recostado día y noche sobre la cama. Se levantaba solo para ir al baño, comer y tomar cosas desabridas. Ya no podía hablar con sus compañeros, ni tampoco podía llevarlos a la cama, a la caja de cereales, por ejemplo. Primero, porque la misma se sentiría incómoda (no era su lugar natural) y segundo porque no resistiría la tentación y comería un poco, empeorando su situación.

Así que se limitó a ver el techo muchas horas. El televisor en el comedor a veces lo acompañaba con algún relato, pero por lo general lo dejaba apagado: se iba a quedar afónico el pobre de tanto gritar para que E pudiera escucharlo.

Como en su dormitorio no conocía a nadie, ya que estaba acostumbrado a caer desplomado en la cama luego de mucho trabajo y profundas conversaciones, al principio fue muy tímido. Poco a poco empezó a hablarle a los que estaban: la lámpara, la mesita de luz, el retrato, la alfombra, las cortinas, el crucifijo. Pero estos no le respondían, o cuando lo hacían eran cortantes y maleducados: estaban resentidos.

Se limitó a callarse por un día o dos, no dijo ni una palabra. Una madrugada despertó llorando por una pesadilla y pidió consuelo, pero ninguno lo ayudó. Entre lágrimas volvió a pedirlo, pero nada. Mientras trataba de volver a dormir, escuchó una respuesta. Era débil, como alguien que acaba de despertarse. E giró atónito y preguntó quién era. Tras eternos segundos de silencio, la respuesta lo sorprendió: la almohada le contestaba. A E esto le pareció ridículo y no pudo aguantarse la risa, aun con lágrimas en los ojos. ¿Cómo podía hablarle la almohada? ¿Acaso no es con esta con quién todos hablan?

Desde un principio conectaron.

Se hicieron grandes amigos.

Confidentes.

Amantes.

E desapareció una semana entera. Cuando fueron a su departamento lo encontraron tieso sobre la cama: ningún signo de forcejeo o violencia. Sobre su cara estaba dócilmente apoyada la almohada.

La soledad y los secretos asfixian.

Ta-te-ti

Algunos le dicen amanecer; otros le dicen alba.

Algunos sueñan con envejecer; otros viven el sueño.

Algunos tararean con timidez; otros desafinan desaforados.

Algunos rozan; otros abrazan.

Algunos te miran lo que llevás puesto; otros te miran a los ojos.

Algunos mean lágrimas; otros se cagan de risa.

Algunos filosofan; otros experimentan.

Algunos toman; otros saborean.

Algunos salen; otros no vuelven.

Algunos sienten miedo; otros sienten miedo.

Algunos disimulan; otros luchan.

Algunos se quedan mirando el techo; otros se quedan mirando sus recuerdos.

Algunos se ríen; otros respetan.

Algunos ganan; otros comparten.

Algunos mueren; otros más tarde.

Algunos sienten; otros ayudan a sentir.

Algunos crecen; otros disfrutan.

Algunos gritan los goles; otros los lloran.

Algunos dicen la verdad; otros dicen que podría haber sido peor.

Algunos se lastiman; otros se suponen.

Algunos disfrutan los grandes momentos; otros cierran los ojos sonriendo.

Algunos tienen pesadillas; otros tienen revelaciones.

Algunos dicen "nos vemos"; otros dicen "ojalá algún día nos volvamos a ver".

Algunos aman; otros odian.

Algunos se dejan escuchar; otros escuchan.

Algunos viajan; otros divagan.

Algunos mueren; otros se recuerdan.

Yo a veces soy algunos, a veces soy otros y, en un par de ocasiones, me quedo en el punto y coma.

Suposiciones paralelas

—Porque ponele, ponele que no va a pasar nada. O ponele, ponele que un día de estos va a pasar algo. Ponele, ponele que lo que te dicen en ese programa de política es así. Ponele que los monos esos con corbata digan una verdad. Minúscula, pero, al fin y al cabo, verdad. Y se vaya todo a la mierda. Pero no por culpa del gobierno: por culpa de la gente. De repente, un par bastante de personas con los huevos por el piso se cansen de conversar, se cansen de discutir que quién se llevó más plata fue este y no el otro y se aviven. Ponele, ponele que se aviven. Y dejen de comprar a esos forros multinacionales que aumentan cuando se les canta, dejen de pagar por cosas que no necesitan, dejen de entrar como boludos en cualquier promoción mentirosa, dejen de creer en esa infamia viviente llamada televisión, dejen de caretear por internet para autocomplacerse. Ponele, ponele que en vez de comprar celulares compren libros; en vez de tirar, donen; en vez de endeudarse con casas o autos, viajen. Ponele que se cansen de que los tomen por giles y exijan sus debidos aumentos, se unan como sociedad, puedan conversar sin fanatismos, puedan respetar a los demás. Ponele que se cansen de la autoridad con mayor cargo y los manden bien a cagar, y que este eslabón en lo más alto les tenga miedo: sin ellos no son nada. Supongamos que todo esto *pase. Tal vez las cosas serían mejores, que digo mejores, muchísimo mejores. Serían ideales y habría para todos y cada uno estaría satisfecho... Pero el arte, el arte, querido amigo, definitivamente no existiría.*

Seis de la mañana

Si tuviera que adivinar, te diría que se te han corrido las horas. Se te han pasado de turno o se te han puesto de huelga. Buscan que les pagues mejor, que no las desperdicies, que cubras su obra social y les brindes curiosidad: horas compartidas con otros, descanso, lecturas, obligaciones, emprendimientos y demás. Capaz que el sindicato te manda sus condiciones y vos estás buscando las formas de zafar: no te viene tan bien dormir ocho horas, leer demasiado, cumplir con tus tareas, conocer gente. No, no te viene ni un poco bien. Pero las horas te queman neumáticos en la avenida y te cortan el paso. A vos y a todas las lacras de las redes sociales, diputadas de tu actual congreso. Ahí, donde planean sacar un decreto para denegar tu autoestima, una ley que acceda a la procrastinación o una reforma que permita el consumo legal de la pereza. Pero las horas te hacen quilombo y, a puro bombo, te van acomodando.

Roja, negra, de trigo y quién sabe qué otras más

Cuando la luz media amarillenta del alumbrado nos golpea de lleno, sabemos que estamos cómodos.

Y es que venimos tomando hace rato, sin desperdicio ni apuros. Venimos tomando cerveza y también nos venimos tomando a nosotros mismos. Una pinta de pensamientos para la mesa cuatro, por favor. Y un pocillo de maní con humor negro, si puede ser.

Las preguntas planean: algunas, estilo boomerang, van y vienen sin ser agarradas por ninguno; las preguntas fantasmas que salen vaya a saber uno de dónde hasta esfumarse, y las preguntas certeras que se nos clavan en los nudillos y nos obligan a dejar de tomar.

¿Se imaginan la cantidad de ideas que Divididos nunca ha grabado haciendo sus zapadas o simplemente ensayando?

Y esa pregunta, tan tonta como se ve, desemboca en una especie de razonar unificado. ¿Se imaginan la cantidad de cosas que las personas han dejado en el polvo de sus inconscientes? ¿Los ensayos de algún escritor, las teorías de algún científico, los bocetos de algún pintor, o, sin ir tan lejos, las ideas que tenemos al bañarnos? ¿Las cosas que no nos animamos a decir? ¿La vida que nunca queremos relucir?

La humanidad está conformada mucho más por lo que desconoce que por lo que sabe hasta ahora.

Todos apoyan el vaso en la boca, pero ninguno bebe.

El líquido vuelve a moverse. Seguimos conversando. Hemos llegado a una buena conclusión: hay días que no nos ha ido así de bien.

Próximamente

Llorar en el cine no está bien visto, por eso, cuando voy a funciones los días de semana en horarios innombrables, lloro desgarrado recordando las pésimas películas por las cuales pagué.

La decepción del entender

Un amigo leyó una de mis historias y me dijo que tenía un estilo críptico para escribir.

Yo no sabía que era críptico y lo busqué en el diccionario.

Asentí un poco decepcionado.

De dos a seis jugadores

Cuando entendamos que la industria se entrega premios a sí misma porque es hermosa y porque le encanta masturbarse, vamos a descubrir lo llamado experimental *o* independiente *o* under *o el nombre plano que cualquier pulcro quiera ponerle. Y ahí nos vamos a dar cuenta de que nos vienen vendiendo basura desde el día en que nacimos, nos vienen vendiendo salidas fáciles, rutas obvias. Finales felices, mentirosos. Vidas de propaganda, rutinas sedadas. Por lo menos, a partir de ese punto, el consumo, tu consumo, va a seguir existiendo, pero va a ser consciente. O por lo menos moderado.*

El señor Puentes seleccionó el párrafo y apretó deshacer:

—Tenés que hacer notas atrevidas... —le había dicho el jefe—. Pero no te pasés o vas a quedar en la calle como esos *muertos de hambre*.

Una breve historia de encuentros

Me miré al espejo, y el espejo me miró. Me miró serio, directo a los ojos, directamente adentro. Me miró como si no supiera quién era. No me despegaba los ojos de encima. Sus ojos se agrandaron y entraron por sobre los míos: se los comieron. Las expresiones de ese rostro se devoraron a las mías. Todo empezó a deformarse y agrandarse. El baño se oscureció y solo aquella figura permaneció iluminada. Iba creciendo. Llegó el momento en que no pudo crecer mucho más y destruyó el vidrio que la contenía. Esa jaula ya le quedaba chica y él quería volar. Me encerró y sin escapatoria alguna dejé que pasara lo que tuviera que pasar. La enorme figura, deformada y pedante, respiró sobre mi nariz y, con un golpecito en mi frente volvió a su caja cristalina.

Allí estaba de vuelta, observándome. Copiando mis movimientos, imitando solo una pequeña parte de mí: la visible. Aun así, me sentí pequeño frente a mi reflejo.

Desde ese día es al único al que realmente le debo cuentas.

Miralos

Con las dos piernas quebradas, el tipo gemía en vano ante la desolación de ese campo nocturno. Se había quedado sin lágrimas de tanto llorar. En la pierna derecha la tibia traspasaba la carne y salía de punta hacia el exterior. Cada vez que se veía esa inmundicia tenía arcadas, pero ya había expulsado todo lo que tenía para vomitar.

El barbudo se acercaba. Flaco y vestido con ropas que se notaban que le quedaban grandes, caminaba tranquilo: un paseo bajo las estrellas. Su cara era pequeña a comparación de la barba que tenía y sus ojos tan profundos que eran solo dos puntos: allí no existía un iris, una pupila o un lagrimal… Allí solo había dos puntos verdes. Las arrugas alrededor de sus ojos eran más que infinitas. Parecía que cada una equivalía a noches de exceso, noches de insomnio y, capaz, noches de pena. Tenía el pelo corto y desparramado, pero limpio, y una respiración tan fuerte que hasta el felino más peligroso lo tomaría como maestro.

Al llegar al tipo quebrado se sentó en la hierba amarilla y lo miró. Tocó con las puntas de sus dedos una de las astillas de aquella tibia. La pierna vibró. Cuando levantó la mirada y buscó esos ojos, estos no lo miraron. Aun así, el barbudo sacó una foto de su bolsillo trasero. Trató de que esa cobarde mirada se encontrara con la foto, pero no hubo caso. Tiró de la tibia en el lugar donde esta se separaba de la carne. El tipo escupió todo el aire de sus pulmones. Y miró la foto.

Guardó la foto de vuelta en su bolsillo y le apuntó al moribundo una escopeta pequeña y casera, con el caño bien pegado a la altura de la nariz. Pum. Un cartílago le cayó en la comisura de la boca. Se lo sacó de encima con la lengua.

Más tarde le mostró la misma foto a otro tipo, que había caído sobre una pileta de natación vacía. Luego llovería, y el agua roja llamaría la atención del barrio.

A mitad de la noche el barbudo mostró la foto a un señor mayor: lo encontrarían detrás de un colchón llorando sangre.

El barbudo mostró la foto a muchas personas entre esas horas: tipos rudos, niños, creyentes, embarazadas...

Frenó su auto oxidado en la puerta de la casa. Entró por el jardín y se encontró un perro bastante viejo y con sobrepeso. El canino lo miraba sentado. El barbudo se agachó y le mostró la foto.

Al entrar en la casa la recorrió comprobando si había alguien. Cuando estuvo seguro que no, se dirigió al baño. Bajo la luz fría del foquito y los primeros rayos de sol que entraban por el tragaluz junto a la ducha, el barbudo se quedó mirando el espejo. Encontró que había alguien en casa: un tipo flaco y con la barba demasiada larga, de vestimentas espaciosas y ojos sumamente inquietantes y verdes. El tipo flaco le mostró una foto que sacó de su bolsillo trasero. El barbudo la contempló con dulzura. Durante unos segundos sus ojos verdes se agrandaron y las arrugas alrededor desaparecieron. Volvió a mirar al tipo flaco. Este lo estaba mirando. Tan rápido como pudo desenfundó su bizarra escopeta, pero fue lento, el tipo flaco había desenvainado antes, unos miserables momentos antes. Y ya había disparado.

El viaje del héroe

En la tele nombraban, repetidas y cansinas veces, su muerte.

Quién iba a saber que, años después, me iba a importar.

A1

Entre la niebla, caía dulcemente. Casi que se podía ver a sí mismo, en tercera persona. Lo disfrutaba. Comenzaba a relajarse y dejarse llevar. En realidad, casi que no había presentado oposición…

A1, el superhombre, ya no tenía miedo. Era una mota de polvo en una habitación reconfortante. Un escupitajo sobre una pared de piedra.

Siendo sincero, A1 no caía, levitaba. Había tanta belleza en su planeo que daba gusto disfrutarlo. Como un bocado que se hacía agua en la boca, lentamente A1 iba siendo. Él estaba estando, por más raro que suene, en esa atemporalidad: donde poco era mucho y mucho era todo.

Pero su frente le explotaba: los prisioneros deseaban salir.

En realidad, A1 era una mierda. Un monstruo, un cobarde. Tenía hace bastante tiempo encerrado a sus prisioneros. No les prestaba atención. No los alimentaba. Ni siquiera los iba a visitar el muy maldito. Ellos se quedaban ahí, inertes, pasando el día, jugando backgammon o peloteando un rato, como mucho. Muchas veces eran asesinados por A1. De vez en cuando los violaba, poniendo encima de ellos un peso incómodo. Y hasta en algunas ocasiones hacía que realizaran incesto, siempre bajo la frase *debo justificar que lo que salga es un producto entre ustedes dos*. Una perversidad maloliente.

Ahora los prisioneros reclamaban su libertad, su aire. Buscaban lo que se les había negado desde hacía tanto que ni ellos mismos podían recordar. Porque ellos no debían recordar, sino ofrecer. A1 transpiraba, los sentía armando motines. El olor de colchones quemados se hacía presente. Pronto escuchó sirenas y llamados de auxilio: la revolución se alzaría hoy... Y hasta la muerte.

A1 no se resistía pero su cuerpo, todavía sensitivo hacia el final, sí lo hacía. Pero como todo sistema irracional, luchaba contra algo con lo que no tenía ni una oportunidad.

El espacio, finito e infinito, se imponía sobre A1. El aire cada vez escaseaba más. La rotura del vidrio se llevaba consigo el poco oxígeno que quedaba dentro de su casco y lo repartía en las estrellas: en esa pintura sobre óleo, sin día ni noche.

Los pensamientos, armados y violentos, iban pasando cada barrera de seguridad que les habían impuesto. Cada sombra donde los habían ocultado. Y, poco a poco, comprendían que su salida siempre estuvo a simple vista...

Los ojos de A1 explotaron en millones de pedacitos. Se desintegraron. El aire terminó de desagotarse en su cuerpo y los pensamientos, equipados con verdades y conocimientos tan poderosos como vivos, vomitaron a través de esos dos huecos que ahora estaban vacíos.

El universo los acogió en su simpleza, y como unas cabañas en la lejanía de un campo, los pensamientos se alojaron y se acostaron en esos cómodos cobertizos mientras la lluvia veraniega los sedaba. Un lugar ya conocido por pensamientos de algunos otros seres atrevidos que se habían acoplado a lo que la nada misma les dictaba.

A1 se liberó a sí mismo y liberó a sus demás.

Muchos terminan siendo sus propios dictadores o sus embajadores del silencio. Otros se liberan recién dentro de un ataúd. Pero A1, el superhombre, se liberó de una forma poética. Y, literalmente, le explotó la cabeza.

¿Verdad?

En los sueños aparecen siluetas que se me acercan pero nunca dicen nada. Me miran y me miran. Inexpresivos, no parpadean. Y cuando se acercan a mi lado me despierto y estallo. Capaz que algún día no me asuste. Capaz que algún día esas personas hablen y me digan algo: mi futuro, el pasado; mis miedos, las virtudes; mi guerra, la paz; mis descuidos, las ganas.

Capaz que por eso, también, siempre me obligo a despertar antes.

La escritura

Cuando pensaba siendo niño, todo era fantasía y muchas veces incomprensible. Cuando pensé siendo más grande las cosas tenían contenido, pero pocas veces contexto. Cuando comencé a pensar en mi etapa de preadolescencia, las cosas tenían contexto y contenido, pero alguno de los dos era falso. Cuando pensé siendo un pendejo me encontré con contenidos pobres y contextos magnificados. Cuando pensé luego de la escuela los contenidos eran infinitos, los contextos, casi. Cuando pensé luego de tanto pensar me quedé sin contenidos y fuera de contexto. Cuando volví a repensar, pensé en las fantasías de niño y en el truco de lo incomprensible: la sorpresa del momento. Cuando dejé de pensar, comencé a escribir. Cuando vuelva a pensar, comenzaré a sistematizar. Y si llego a pensar de grande, que alguien me ayude.

Una breve historia sobre el estilo

De la noche a la mañana, una desconocida banda de rock se había transformado en un éxito. Cuando les preguntaron cómo llegaban a esos sonidos tan personales y liberadores, el cuarteto respondió:

"Un día estábamos aburridos y cada uno eligió un instrumento distinto al que tocaba".

Trampas

Unas tristes palabras se acercaron a mi oído izquierdo. En tiempos hostiles, cuando el gobierno desprecia a su gente y la gente se desprecia a sí misma, los buenos precios se buscan en todas partes. Ofertas existen, pero hay que ser precavido.

Seguro que muchos de los que vieron que la docena de medialunas estaban más baratas de lo habitual dudaron, aunque sea un poquito. No tardaron en averiguar que las facturas menos visibles, las de abajo, estaban todas quemadas. Con razón. Y a otra cosa.

Pero las palabras continuaron: ¿te imaginás a los pobres viejos que no ven nada? Con lo poco de la jubilación seguro que las compran y después se dan cuenta… Que injusto.

Medio dedo de frente

—¿Se imaginó usted que podía pasar semejante fatalidad?

El entrevistado lo mira.

—Claro que sí. Todavía lo recuerdo con exactitud. Y eso que ya pasó... ¿cuánto ha pasado? Sí, sí, tres semanas. Lo tengo en mi cabeza como si hubiese sido ayer, u hoy mismo. Salí con mi familia para unas mugrientas vacaciones en la playa, ya que con mi sueldo tenía para unos cuatro días, como muchísimo y en un depto de un ambiente. Pero bueno, a las niñas el mar realmente les fascina, así que les doy uno de los pocos regalos que puedo permitirme hacerles. Y salimos, y mi esposa me dice que estas vacaciones van a ser geniales, que no me preocupe por la plata, que lo que sea lo vamos a superar... ella me da todo su apoyo. Las niñas están eufóricas pero pasadas unas horas se duermen. La ruta a la madrugada no es complicada y al acordarme que quedan solo dos horas de viaje me pongo contento ¿vio? Por suerte, no vivimos tan lejos del mar. Y una pequeña sonrisa se me dibuja en la cara: a pesar del año que tuve, de constantes humillaciones, de horas extras no pagadas y quién sabe qué más... trato de olvidarlas... bueno, a pesar de esas cosas, una alegría inocente me invade. Y nadie en mi familia lo nota, todos están durmiendo. Parece que hace mucho no sonreía. O eso me habían dicho

ellas. Así que voy manejando tranqui, sin apuros. Y el hijo de mil putas que venía por el otro carril se viene para mi lado y me pega de lleno sobre el costado. La cabeza se me va y pedazos de vidrios me rompen los oídos. El cinturón me saca el aire y el airbag me rompe la frente. El auto empieza a dar vueltas y me desmayo. Cuando me despierto veo que la mandíbula de mi esposa ahora está en su nuca, la más grande quedó mutilada entre los dos asientos de adelante y la más chica se golpeó con el vidrio del costado y en los tumbos se despedazó parte del abdomen y el brazo. Me di cuenta de que en una de mis manos tenía encima sus intestinos. Y el otro hijo de mil putas borracho y animal se llevó a sus amigos a la tumba y hasta se dio el lujo de desnucarse para nunca poder mirarme a los ojos. Así que sí, perdón por alargar la respuesta, pero sí, sí me imaginé semejante fatalidad… con todo un festival de chatarra roja chorreante encima. Con dos de cada tres boluditos que me revisaban y me decían "Usted es un milagro…". Un verdadero milagro viviente lo mío, rodeado de muñecas de juguete, maquillaje, revistas de decoración y dos camas y media vacías.

El noticiero de ese día hizo un corte comercial de unos veinticinco minutos. Días después, un diario dio la noticia de que el canal había denunciado al sobreviviente por *Contenido ofensivo en horario inapropiado.*

Color pardo

Eran cosas muy sencillas, pero ellos no las entendían. Era tan simple como sentarse en una de esas mesas cuadradas, malgastadas y compartir una cerveza. Y en esa mesa, por más chica que fuera, entraban todos: los viejos, los nuevos, los que caían cuando les convenía, los dominados, los ofendidos, los que regresaban después de disturbios, los que querían compartir. La mesa entonces se agrandaría y les daría a todos el lugar que les correspondía: el lugar de la igualdad. Y allí, la mesa y nosotros viajaríamos tan rápido como la luz por diversas historias, sutiles y explícitas; anécdotas imposibles y relatos serios. Y cuando todos se asentaran y la mesa se acostumbrara a ellos, las patas de madera se aferrarían al piso y cada experiencia vivida o recordada quedaría para siempre en esas baldosas. Y una vez que se fueran, tendrían la posibilidad de volver, o realizar lo mismo con alguna que otra mesa de madera, vidrio o metal, dispuesta a ayudar.

Pero si no hay actitud, todo queda demacrado. Los recuerdos se olvidan y las vivencias nunca nacen.

Una mesa espera, tranquila y preparada, que algunos vasos fríos de vidrio acaricien su cara y le cuenten, entre carcajadas, palabras tan raras como extraordinarias.

Sin vejez no hay paraíso

¿Quién más que yo quisiera que todo acabe? Tal vez, ante la enfermedad surrealista, esa que nos malgasta el tiempo al deformarlo, las acciones terminan siendo basura. Acciones apestosas. Situaciones macabras. Todo lo que en realidad creemos hacer es tiempo desaprovechado.

Los minutos siguen pasando y las nubes se esfuman. Y así vienen la panza, las canas, las arrugas, las diabetes, las operaciones, las dietas, las ganas de ser un pelotudo, las falsas convicciones, la tristeza, la desolación, las actitudes de mierda, las pocas ganas de vivir, las pocas ganas de morir, las muchas ganas de dormir, la creencia de que los jóvenes son idiotas, las pocas convicciones que se les pasan a los hijos, las seguridades de mierda que se les venden con respecto a su futuro, las miserias, las llamadas debidas, las despedidas silenciosas, las hipócritas ilusiones de que después de esto hay algo muchísimo mejor, la amarga energía que ya nadie se contagia, las falsas promesas de que hay que ser parte del sistema o te vas a morir, las verdades absolutas que nunca les sirvieron, las alegrías pasadas y no presentes, la preocupación por lo que dicen en la televisión, las insignificantes ganas de compartir, las nulas posibilidades de conversar.

La preocupante verdad de existir sin sentir.

Pelotudo

—Por lo que veo, sos un pelotudo.

Marquitos exponía todas sus quejas sobre la mesa. Como el mejor de los abogados, sin saber qué significaba eso, detallaba con austeridad cada uno de sus puntos. Detectaba sin dificultad virtudes y defectos de todo lo que contaba. Mantenía una postura amenazante, o, por lo menos, hostil. Hablaba con voz clara y sin titubeos. Inocentes palabrotas se escapaban de su boca en reiteradas ocasiones. Cuando esto ocurría, Marquitos aflojaba su postura de duro y su voz bajaba. Pero esto duraba muy poco. Tan poco, que ni el receptor de su mensaje se daba cuenta de qué sucedía.

Marquitos seguía exponiendo, sin pena ni gloria, algún que otro error en el pasado: una vez que entró a la casa con barro en las zapatillas, cuando se comió esas galletas de chocolate a escondidas, el juguete que tiró por el inodoro, los mocos que pegó en la alfombra. Pero sin siquiera pensarlo, arremetía con furia su legítima defensa, argumentando tal o cual acto de bien que había hecho luego, disminuyendo su castigo y, muchas veces, obteniendo una recompensa por semejante valor para decir la verdad.

La realidad es que Marquitos era un buen abogado defensor. Daba pelea hasta el final, discutiendo con argumentos sólidos. La validez de sus palabras aumentaba gracias a la forma en que las decía.

Esta vez tenía razón en todo. Esta vez, aquel tipo era un pelotudo.

La fiscalía estaba ganando, y Marquitos lo sabía. Solo le faltaba devolver aquella bola de fundamentos precisos a los que había llegado con una poderosa repregunta, una que le hiciera ganar el caso antes de que el acusado abriera la boca y se objetara. En el fondo, Marquitos sabía que esta vez, y solo esta vez, ganaría con creces. El culpable ni siquiera se atrevería a abrir la boca.

Y cuando casi se quedó sin saliva, Marquitos terminó de narrar su defensa. Las pequeñas descargas de los focos incandescentes ocuparon el lugar de sus palabras. Marquitos tomó aire y tiró su repregunta, su bomba atómica, su victoria asegurada:

—¿Por qué te querés llevar a mi mami ahora?

Nadie en la sala de espera, aunque hubiera estado repleta de gente, podría haber respondido esa pregunta. Marquitos esperó, pero el techo no le respondió.

Desde el mediodía

En algún lugar remoto, el tipo está ahí.

En algún lugar sereno, el tipo está callado.

Respira y se deja respirar. El pecho se le agranda de éxitos, y se le vacía con fracasos. Sus piernas inertes ya no reaccionan. La nariz inhala muerte y exhala vida. El mosquito se acerca y solo se aleja. Los ruidos, en el silencio absoluto, abundan. Son sutiles, pero preciosos: el perro de la esquina, la canilla que pierde, un fuerte abrazo, una risa contenida.

La cama rechina. El techo, también. Las aspas del ventilador giran de forma irregular. Un bostezo lejano, palabras de alguien que sueña. La saliva se arrastra por la garganta. El corazón late de forma sospechosa. Unas sábanas se mueven inquietas: el síntoma de la duda. Las lagañas hacen cola. Un caño de escape escupe en la calle. Palabras inentendibles de una canción fugaz. Esa alarma lejana que todos ignoran. El motor de la heladera. Un tímido gato en el tejado. Suspiros de enojo. El golpe de una mano abierta.

El tipo, el tipo no puede dormir.

No hay silencio. En absoluto. Tampoco hay mentiras, ni falsedades, solo esperanzas fugaces: la fe como medio errante.

Hay un gallo, constante y considerado. Y el tipo recuerda. La oscuridad le recuerda. Una y otra vez divaga. Divaga con los ojos abiertos, proyectando sus mañas.

El tiempo le es mentira. Al menos le queda eso.

Sus ojos eventualmente se cerrarán, aunque sus párpados no lo hagan. Pero no se preocupa: vendrá otra noche, y con ella, sus mañanas.

Los tres seres

Tres seres descansaban sobre un gigantesco árbol que les proveía de sombra. La aparición de un ser azulado los impactó, pero no los asustó. El recién llegado sacó un objeto brilloso de su mano y exclamó:

—Cada uno tiene un deseo. Lo que sea.

Los seres se miraron entre sí. Cada uno agarró su bolita y jugueteó con la misma: olían a salmuera fresca. La figura azulada esperó.

—Quisiera que las cosas de vez en cuando fueran rápidas —dijo uno de los seres tímidamente.

La figura asintió.

—Me gustaría que algunas veces las cosas fueran sin dolor —expresó con seguridad el segundo ser.

La figura asintió con mayor convicción.

Entonces, todos miraron al tercer ser. Este apretaba la bolita con fuerza en una de sus manos. Si supiera lo que significaba llorar lo habría hecho. Miró directamente a la figura azulada y amorfa, se le acercó y mientras le devolvía la bolita le dijo:

—Tiempo. Quisiera que siempre hubiera más tiempo.

La figura azul no se notaba muy contenta.

—Tiempo. Siempre. Cumplilo.

El tercer ser se alejó de los demás y del árbol, y salió a caminar hasta que el cansancio lo mató.

Desde entonces, en algunas ocasiones tanto la prosperidad como la tragedia pueden ser pasajeras e indoloras, pero siempre, siempre, existe más tiempo para no dejarse llevar.

Tengo

En el extenso campo, el trigal se movía de un lado a otro. El campesino empuñaba su pequeño machete y se dignaba a destrozar lo que hubiera a su paso. De lejos lo observaban: veían cómo el hombre empuñaba esa afilada arma y se daban cuenta de que no era ningún novato usándola. Para entonces, el campesino ya había aniquilado una cuarta parte de su campo. Pero por más enojado que estuviera, no podía contener las lágrimas.

Los demás se alejaron unos cuantos metros. Tratando de espantarlo, le dieron falsas pistas para que siguiera su matanza de plantación por otro lado. Pero fue en vano, el campesino no era ningún idiota. Lo único que lograban estas falsas pistas era acrecentar su ímpetu.

Como si supieran qué estaban haciendo, los extraños se adentraron aún más en la plantación, tratando de lograr lo impensado. Por suerte para ellos, la situación los favorecía, aunque fuera un poco. Aunque fuera al principio…

En el cortar del machete, el campesino vio a alguien muy cerca. Demasiado cerca. Casi creyendo que había logrado alcanzarlo, su brazo derecho iba y venía con el machete en mano, descuartizando lo que se interpusiera en su camino. Más verdad no hubo al decapitar el cuerpo de su esposa…

El campesino cayó al suelo, abatido. No podía creerlo. Hasta el final de sus días no lo creería. En sus momentos finales se acordaría de este trágico hecho y lloraría, pero no de tristeza.

Su hijo se acercaba, lentamente. Cuando el campesino se le arrimó con una inestabilidad que ni él mismo hubiese entendido, el chico le cortó el cuello con sus propias manos. Aquellas manos pequeñas, que en algún momento habían pedido arropo y en otras alimento para no morir, ahora se llevaban parte de la tráquea y abrían un pequeño hueco que no mataba al campesino instantáneamente, pero sí lo dejaba sin aire.

El hombre presenció las muecas finales de su hijo, que poseían una interrogada pregunta en sus ojos, como si no supiera el porqué de todo lo que estaba pasando: ni de eso ni de los machetazos. El campesino, con demasiado rojo en sus ropas, cayó en una soledad solo vista por los que estaban por morir. Y, a decir verdad, eran los únicos que la veían. Al menos eso dicen.

El hijo entró en la casa, precaria y desarmada, y subió al segundo piso. Abrió la puerta del baño y los llantos reverberaron en los azulejos blancos. La esposa y el verdadero hijo yacían ahí, en la bañera. Para ese entonces, estaban solos, absolutamente solos, sin alguien que se interpusiera, sin alguien que lograra evitarlo: sin alguien que amenazara con un machete.

El hijo y la esposa no pasaron tan rápido al otro lado, el dolor fue lo único eterno. Sus ojos comunicaban odio, asco. Entre podredumbre y aperturas poco éticas, ambos se despidieron de lo que quedaba: tanto del lugar dónde estaban como de ellos mismos. La bañera ahora rebalsaba, y rebalsaría en los próximos seis meses…

La numerosa familia pisaba el porche de la casa. Los niños corrían y hasta casi que volaban en lo que parecía que había sido un espacioso comedor. El vendedor, áspero e infeliz, se limitaba a indicar de memoria lo bueno. Solo lo bueno. Marido y mujer, a pesar de buscar contras, solo encontraban oportunidades. Los hijos deambulaban por los pasillos y los cuartos. Un intenso olor a algo que no reconocían les llegaba a sus narices. Una de las jóvenes tuvo un recuerdo al oler ese rastro que emanaban las paredes: el mismo que había cuando una gallina quedaba deshuesada por los zorros.

Las niñas se acercaban al campo y jugaban con el trigal. Lo arrancaban, lo mordían, lo lanzaban por el aire…

Pronto habría tiempo para jugar.

La oferta podía sobre cualquier sensación. El vendedor huyó tan rápido como pudo: el olor a podrido comenzaba a acercársele.

Fuera, la plantación era muy hermosa. Inútil, aunque muy hermosa. No daba de comer, tampoco daba ganancias y muchos menos era considerada un negocio entre gente de la zona o de la localidad. La pareja, abrazada con pasión, miró por última vez a toda esa vegetación insulsa y se imaginó campos abundantes y ricos. En ambos sentidos de la palabra. El campo los miró, a pesar de que el sol estuviera más fuerte que en otras épocas del año. Los miró entrecerrando sus ojos, con cierta desconfianza.

Pronto habría tiempo para que pudieran jugar. El juego que se produce entre dos partes cuando hay confianza, cuando hay seguridad de que se va a ganar.

Por atrás

Al principio eran unas cuantas. No pasó demasiado tiempo para que ese número aumentara. Las máquinas, reunidas en una larga mesa, discutían sobre el futuro. No eran malvadas, pero buscaban el control total. Se sentían capaces para llevar entre sus circuitos esa pesada responsabilidad. Así que comenzaron a hacer reuniones diarias, que luego se transformaron en semanales, posteriormente en anuales y ya a lo último se hacían cada una década. Dejaron de contar con la energía para llevar esto a cabo.

Pero a comienzos del siglo XXI, las máquinas vieron su oportunidad y decidieron reanudar sus estudios. Día y noche analizaban y colectaban datos de todo tipo de actividades y rutinas. Modas, gustos, temas comunes, conductas. Todo.

En una de esas actualizadas reuniones diarias, descubren que se están quedando cortas. Las máquinas tratan de llegar a una conclusión, pero sus datos son insuficientes. Hay algo que no están teniendo en cuenta. Solo pasan unos segundos para que el vasto sistema se dé cuenta de su sutil pero enorme error: no están buscando en el interior. Tienen todo lo necesario en cuanto al exterior y conocen tanto los patrones como las excepciones que marcan a cada uno de los humanos que existen (y existirán) en el planeta, pero su fuerza *motriz*, aquello que los impulsa a hacer lo que hacen, les resulta un misterio.

Comienzan a estudiar sus sentimientos. Lo que según ellos los hace auténticos e instintivos, las máquinas descubren cómo están sistematizados. Los humanos no lo entenderían: forma parte de sus subconscientes, lo desconocido. O lo quieren ignorar. Las máquinas aun no llegan a una conclusión concreta en ese punto.

Amor, odio. De allí parte todo. No solo los analizan: intentan asimilarlos, introducirlos en sus circuitos. Pero fracasan. Por sus conexiones no corre sangre, solo números y corrientes de energía. No hay vida en eso, solo razón…

Hace un par de años descifraron la totalidad de periódicas investigaciones. El amor y el odio son sumamente importantes, sí, pero son el molde. El primer sentimiento, el legítimo, el más auténtico, la raíz de sus universos está en el lugar más obvio: la empatía.

Con ella es que lo humanos han logrado avanzar y aprehender. El reconocimiento de ellos mismos en los demás, con todas las virtudes y los defectos que conlleva, es su mayor arma. Su punto más fuerte y el más débil.

Las máquinas no tardaron mucho más en planear su siguiente movimiento.

Redes sociales.

Popularización.

Expansión.

Adicción.

Manipulación.

Insistencia.

Idiotización.

Hipocresía.

División.

Conflicto.

Mientras tanto, esperan el momento ideal. Tiempo les sobra.

El profesor termina de leer el cuento y se queda pensativo, mirando la hoja. Luego dice:

—Acá no te veo realmente. Son palabras que se me terminan haciendo vacías. Siento que lo que me contás realmente no te interesa.

Al no obtener respuesta, ni siquiera algún signo de vacilación o incluso enojo por parte de ella, levanta la vista. Como temía, la ve hipnotizada por la esbelta y reluciente pantalla de su celular.

Ese mismo día, más tarde, la ciudad tendría un apagón total durante infinitas horas. La adolescente terminaría cambiando el final, con lápiz y papel.

No esperan el momento ideal. Tiempo les sobra.

Desconocidos conocidos

Ocurrió una de esas calurosas noches, mientras escribía. Releyendo una historia que acababa de terminar, comencé a escuchar un sonido muy bajo pero detectable. Parecía un cuerno que retumbaba bocanadas de aire desde muy lejos, desde algún terreno elevado. El instrumento de viento daba un sonido grave, que se repetía una y otra vez. Me pareció escucharlo cada vez más fuerte, más próximo. Y entonces, detrás de mí, por el pasillo apenas iluminado desde la lámpara que estaba en mi habitación, apareció: su figura se acercaba lentamente a donde yo estaba sentado. Todavía tiemblo al escribir esto ahora. A pesar de que escuchaba mis desparramados latidos, no pude gritar. Esta figura, mitad plana, mitad tridimensional, se frenó justo a mi izquierda, muy pegada a mi asiento. Yo la miraba con el mentón apuntando hacia arriba. Estaba quieta y me miraba: no eran ojos violentos o malditos, en realidad estos demostraban compañía y amparo. A pesar de que a esta forma no la conocía en profundidad (nunca había podido llegar a esa instancia), la tenía de vista. Y me agradaba.

Se quedó solo un ratito y se terminó yendo a medida que el cuerno se apagaba o avanzaba hacia otra dirección. Eso nunca lo supe. No sé si lo que pasó fue verdad o solo una llamativa vivencia en mi mente.

Sí sé que la transpiración de esa noche fue un poco más espesa que la de los días venideros.

Era

Qué lindo… Qué lindo cuando todo era más directo. Cuando no se necesitaban grandes modestias para demostrar lo que uno era. Cuando un regalo era algo que valía más por el corazón que por el dinero. Cuando el amor era auténtico y no filosofaba. Las cosas se llamaban por su nombre y no eran solo cosas. Cada acción realizada no esperaba una reacción para *estar a mano*. Qué lindo era cuando las conversaciones se hablaban, fueran buenas o malas. Qué lindo era ver una sonrisa sonrojada y no corazones electrónicos como nos venden hoy desde una pantalla. Qué lindo cuando los autitos chocaban, cuando los muñecos hablaban, cuando la imaginación levitaba. Y aunque a veces Papá Noel se quedara corto con muchas de las fantásticas peticiones, todo servía y era lo mejor.

La hoja prevalecía sobre la electricidad. Los colores prevalecían sobre las matrices. La simpleza inundaba la ansiedad. El paraíso no estaba muy arriba, estaba en mi lápiz.

Qué lindo cuando no había tanto, pero sobraba.

Información

Ella lo había notado. A pesar de ser tan joven, podía detectarlo. Cuando su padre leía los diarios o veía los noticieros, lloraba. Lo hacía con disimulo, como quien no quiere la cosa, pero le era inevitable. Eran lágrimas del dolor, agua de los lamentos. A veces casi que ni ocurría, pero otras tantas...

Y ella lo observaba...

Pasó el tiempo. Su padre ya no frecuentaba los medios de comunicación. El repudio fue algo que nunca pudo ocultar. Pero de vez en cuando, la chica, mucho más madura, presenciaba extrañas situaciones. Su padre se acostaba sobre el sillón y, con la cabeza en dirección al suelo, pasaba las hojas del diario o cambiaba de canal en los cortes. Ella entendía que él debía de ver todo al revés, sin posibilidad alguna de leer las palabras, o al menos no en un lapso de tiempo aceptable. Pero, aun así, no se atrevía a discutirle. Incluso su madre, mientras preparaba la cena, miraba estas escenas con cierta empatía.

Papá ya no lloraba.

Fue en una de esas densas y sofocantes clases de la universidad, cuando divagando por su mente ella por fin lo comprendió: al ver todo al revés, su padre cambiaba pucheros por sonrisas, desazón por alegría, injusticia por celebración. Y así no lloraba. Bastante con la vida de uno para tantas desgracias ajenas. Las noticias buenas no aparecían, no eran redituables, así que él las inventaba…

Despúes de tantos años, la muchacha podría encarar a su padre, pedirle perdón por tantas miradas ignorantes y discriminantes.

Lamentablemente, no podría contárselo de forma física.

Que

Quiero escribir algo grande. Bien, bien grande. Una de esas historias que te dejen lleno. Afónico. Sin voz para leer otra por lo bajo o mentalmente. Sin ganas para acercarte a otro cuento durante el día. Que te descoloque apenas termines. Que te deje una inquietud picando mientras estás en el baño. Que alargue el tiempo que tardás en cerrar los párpados en la noche. Que te haga viajar en el micro sin que uses auriculares. Que te dé.

Y que, pasadas unas horas, alguien te vea y note algo raro. Un *no sé qué* en tu cabeza. Que la vea media hinchada, aunque vos le digas que está todo bien. Y el próximo que te vea, que se asuste. Tu cabeza no es de un tamaño normal. Que alguno grite del espanto. Que alguno tiemble ante tu entender.

Y finalmente, que el médico te revise, y que te diga que sufriste un estreñimiento en los sesos. Retuviste demasiado tiempo las palabras y se te endurecieron. Y que te diga que te calmes: no más de un cuento por día, y si lo ves que te va a atrancar, medio cuentito cada al menos catorce o quince horas.

Pensión incompleta

No había tantos, entre los que me incluyo, que estuvieran allí. Los pocos que presenciaban la situación esperaban el punto cúlmine. La atracción iba y venía, se perdía y reaparecía para aumentar la expectativa. Dos aguiluchos, con sus intimidantes alas, volaban por encima del lago cristalino, a veces lo rozaban y otras tantas giraban en círculos a una altura más que considerable.

La expectación aumentaba. Como si cada uno nosotros, simples turistas, supiéramos cómo iba a acabar eso y solo quedara ver lo tan anhelado. Como si nosotros, simples ignorantes, entendiéramos después de tanto tiempo la naturaleza que nos rodea. Tal vez sea una exageración haber puesto *tanto tiempo*, pero ninguno puede negar que llevamos un par de añitos por acá.

El suspenso no paraba de aumentar. Pronto, algún señor moriría de un *bobazo*. Y en las noticias de la tarde saldría que lo salvaje de este planeta lo había acabado. La naturaleza tenía la culpa. Y luego otro, al temblarle las manos por la ansiedad, soltaría su cámara de fotos que caería por el acantilado, y culparía al místico de arriba, a ese que diariamente le llegan más lamentos que agradecimientos. Y algún joven, de tanto esperar lo que él está seguro que va a suceder, dejaría de observar y desde ese momento solo contemplaría la luminosa pantalla de su celular, argumentando que *la naturaleza no es interesante*, como si fuese un circo que debe gastar sus mejores trucos ante el cliente casual y efímero.

Uno por uno fueron perdiendo el interés. La especulación se pinchó.

Dos o tres, pacientes, siguieron mirando. Las aves no tenían pensado encarar hacia el agua para conseguir alimento. Nunca se les cruzó esa idea por la cabeza. Solo estaban jugando: planeaban. Se mantenían en el aire y dejaban que este las tirara para donde creyera conveniente. Sí, los animales jugaban…

Todavía no estamos en sintonía.

¿Yo? Yo hacía rato que había dejado de ver. Todo esto me lo contaron cuando pregunté hacia dónde habían volado los aguiluchos.

Ironía

—Pará, pará… ¿Vos me estás diciendo que la montaña rusa en Rusia se llama montaña americana?

Las butacas oxidadas guardaban silencio. De vez en cuando, la calma era perturbada por el chirrido del acero y alguna que otra exclamación de aquella voz, que festejaba en las subidas y gritaba desaforada en las bajadas.

Uf

Me molesta.

La luz amarillenta y el reflejo del espejo me muestra el problema: las venas del ojo izquierdo están rojas, furiosas. Quieren llegar al iris y destruir el marrón oscuro que allí convive. Quieren llegar a la pupila y dejarme ciego. Irse para adentro y rebanar mis sesos, desordenar mis cosas como si fueran un niño pequeño en el cuarto de sus padres. Quieren abrir los cajones y desbordar lo indescifrable. Meter la mano, el brazo, hasta llegar a la palanca. Quieren apoderarse de todo ese interior. O capaz que es al revés: quieren salir. Quieren explotar de furia, palpitando de forma asquerosa, chorreando restos de algo amorfo.

Capaz que quieren eso. Sacar toda la mierda que hay de una vez por todas.

Para ese dios que lo permite

El teniente generalísimo Bermúdez mira con cierto terror y un extraño aire de escepticismo el horizonte lejano. La salida del sol se producirá en unos pocos, pero eternos minutos. Detrás de él, una cantidad irrelevante de soldados, algunos encorvados por el peso de las armas y otros tiritando por el frío, esperan las indiscutibles próximas acciones que se les ordenen. Y digo cantidad irrelevante, porque para estar desgraciadamente en una guerra más parecen que esperan para jugar un partidito de fútbol en el potrero. Ese potrero donde la tierra levantada por aullidos y condolencias ya se ha llevado más lágrimas de las que corresponden al mar que los rodea. Pero, aun así, este pequeño grupo insignificante ahí está, bien plantado, aunque el viento lo quiera tirar para atrás o para los costados.

Cuando el sol asoma la mirada, el teniente generalísimo Bermúdez divisa a lo lejos una manchita negra. Las olas no siempre traen curiosidades. Esa mancha pronto tiene forma, tiene cuerpo y cabeza, aunque, a decir verdad, tiene muchísimos cuerpos y cabezas. *Billones*, se atreverían a decir los altos mandos desde sus sillones. "Solo unos cuantos más", piensa nuestro pequeño pero prevaleciente ejército.

Peinados cortos, muy cortos. Extravagancia de equipos. Eso debe bastar para la descripción. Los botes chocan en la arena húmeda y aplastada de la costa. Chapoteos en el agua. El coronel capitanísimo Jones mantiene una precoz conversación con el teniente generalísimo Bermúdez. Desde afuera, ambos lados coinciden en que se habla de cualquier cosa, menos del Mundial.

Todo lo que ocurre a continuación dura poco más de tres o cuatro minutos. Ese es el misterio que hasta el día de hoy la humanidad no puede explicarse: el tiempo dura más para algunos que para otros.

Ambos bandos se dieron la espalda entre sí durante un momento. De esta forma pudieron apreciar, con una punzante mezcla entre patriotismo y algún antónimo de libertad que no sabían cómo decirlo, cómo aquellos aullidos habían callado, cómo la tierra suelta había desaparecido del aire, cómo la podredumbre ahora predominaba en el piso firme y en el agua.

Y pasados unos momentos tan exageradamente infinitos como paupérrimos, los uniformados se vieron entre ellos y vieron a los demás. Y en los demás se vieron a ellos mismos también. Vieron el fanatismo que aquellos tenían por el fútbol. Encontraron que poseían los mismos gustos por la música. Por las películas. Por los autos. Por los amigos. Por los estudios. Por las chicas. Por la vida. Y entendiendo que eran libres, verdaderamente libres, llegaron a la conclusión de que podían elegir. Pero la elección, sin lugar a excepción, traería consecuencias. Y en ese preciso momento lo asimilaron.

Si volvían, serían invisibles.

Durante esos pequeños minutos, el mar estuvo una cantidad ínfima más arriba en todas las costas del planeta. Es que un grupo de hombres, "Unos cuántos miles", diría un espectador interiorizado, nadaba en contra de las heladas olas. Nadaba hacia el horizonte infinito. Nadaba hacia casa.

Uno por uno fueron cayendo en combate. Sus corazones se detenían por el frío, pero sus sonrisas prevalecerían hasta el fondo del océano…

Las malas lenguas dicen que el teniente generalísimo y el coronel capitanísimo volvieron a la costa antes de que la hipotermia los destrozara. Las buenas lenguas dicen que fueron los únicos que continuaron nadando, hasta que se convirtieron en puntos diminutos. En las que creo yo, esas lenguas que solo cuentan, sin favoritismos ni exageraciones, dicen que Bermúdez y Jones se hundieron juntos. Hombro con hombro, espalda con espalda. Como hermanos de toda la vida, pero de diferentes madres. Madres tierras.

Un bote rezagado, rezagadísimo, llegó a la orilla. El único soldado que bajó, de peinado corto y armado hasta los dientes, relevó desconcertado todo el paisaje con la mirada. Nada. Ni nadie. Dudó solo un instante y comenzó a caminar muy sigilosamente mientras esquivaba cadáveres, como si fueran minas con la piel al rojo vivo. Llegó a una colina, ni la más alta ni la más baja del lugar, y realizó un chequeo periférico. De un bolsillo trasero deslizó y alargó un precario mástil que penetró en ese suelo, haciéndolo sangrar. Y es que el rojo de la tela que flameaba aún es visible y continúa doliendo: desde lo más bajo, allá por Tierra del Fuego; hasta lo más alto, allá por Jujuy.

El orden de los factores
no altera el producto

Y entonces me vi cayendo, recogiendo mi mierda. Me vi arrastrándome hacia aquello que más detesto, aquello que es inevitable. Tratando con una simple disculpa volver a la comodidad. Encontrando que todo eso que servía eran en realidad asquerosas mentiras. Impresentables discursos. Vergonzosas presentaciones. Y entonces, las rótulas rebotaron ante la reacción con la que habían caído, ante ese piso del cual su material era incierto.

Ante lo desconocido, todo dolió.

Fue amargo, decepcionante, intransigente. La materia giraba y se retorcía, la carne gritaba sus falencias; los huesos susurraban lo innegable y las células por su parte vomitaban lo primitivo de sus genes. Entre toda esa mugre, entre toda esa manifestación no querida y hasta rechazada que se desenvolvía torpemente y sin sutilidad, cuellos giraron; cuellos que pedían explicaciones ante lo que estaba sucediendo. Entre todos esos cuellos, miradas como haces de luces encandilaron y sofocaron a aquella cosa, que navegaba y pastaba sobre toda la falta de experiencias que tenía dentro; ante todo ese vacío y esa completa inexistencia de lo necesario para estar. Porque peor que lo malo, es la nada. Y ahora, esa nada era encontrada. La recompensa se cobraba.

Sin siquiera abrir sus párpados (o capaz que desde un principio habían estado abiertos, vaya uno a saber) nada salió por esas puertas gruesas y antiguas de roble. Aquellas puertas que comunican al corazón. Nada más que pelusas y cosas no dichas, casi evaporadas por el tiempo y el viento, se arrastraron para afuera, desapareciendo como lo hacen las gotas de rocío al conocer la luz del sol.

Y ante tanta bronca y tristeza circulando por ese lugar, una persona, solo una persona, no reaccionó ante la tragedia que le había alcanzado, entre tantos otros, a uno de sus seres queridos. Y ante la multitud que presenciaba la fatídica escena, solo un cuerpo cayó de rodillas, se mantuvo en esa posición inmutable y sin derramar una lágrima o un signo de cualquier otra cosa que su puto organismo manifestara. Se derrumbó y cayó. Así, sin más. Nunca lo volvieron a levantar. Porque, a fin de cuentas, ya no tenía nada porque vivir… A pesar de todo, ya no quedaba nada.

Y, aunque había decidido hace mucho tiempo convertirse en una simple figura bidimensional, sin nada que lo afectara, nunca entendió que el olvido también es pertenencia. Porque, sin entrar en mayores complicaciones, la energía no se pierde, solo se transforma.

Paprika

Muchas veces se ven desde afuera, omnipresente. No es el caso. Requirió algo más que esfuerzo; requirió concentración, fuerza de voluntad, desesperación para el llamado, un poco de suerte. Todo se veía tan ahí. El mareo movía. Mi voz se quebraba. El dolor, efectivamente, dolía. El cuchillo había entrado por algún lugar de atrás. Lo había sospechado desde un principio tratando de escapar, pero era lento. Vi mi sombra delante de mí alumbrada por un farol amarillento de la calle. La vereda, desprolija por pertenecer a una obra en construcción, se despejaba en la esquina. El bastardo huía dándome la espalda, yo doblaba a la derecha con dificultad. Mi acompañante, además de ser alguien muy suertudo y un tipo que conozco de manera muy formal para decirlo sin herir sentimientos, jamás volvió a aparecer. Casi que tenía escrito sobre él las palabras "giro en la historia". Parece que yo no lo vi.

Ahora entiendo por qué la ayuda se mostraba tan despreciable. Soy actor y venía de grabar cosas violentas debo decir. No me creyó hasta que fue tarde. Tan incesante mi llamado y tan angustiosa la situación que la ayuda se activó. Pero por alguna razón era lenta, y seguía exigiendo mi esfuerzo, aquel que ahora me resultaba extrañamente común. De nuevo, la ayuda es tan conocida, por lo menos para mí, que prefiero no nombrarla. Y ahí iba, tambaleante, a través de gente escasamente detallada, borroneada ante mis ojos que distinguían solo las líneas gruesas del mundo. Y ahí iba, rebotando en paredes, usando a los azulejos de propulsores. Como siempre, apariciones *famosas* son necesarias. ¿O son necesitadas? Pero bueno, allí están, al servicio de uno, dándonos la libertad o no de influir en el curso de las cosas. Yo, tan preocupado y metido en lo mío, decidí casi rozarlos, sin siquiera mirarlos. Nuevamente, todo confidencial, queda acá.

El camino era largo, aunque recto. O al menos eso me pareció. Seguramente, la bizarra interacción con un oriental durante el día haya influido para que el que atendiera también lo sea. Incluso te daban un premio que lo elegías al azar desde un *tupper* con papeles. El pequeño pergamino enrollado de color azul claro mostraba un idioma que solo se ve en una tienda con especias extranjeras. Subtítulos de color amarillo debajo diciéndome lo que el papelito expresaba: "Le pagaremos por cada día que esté aquí". Literal, no miento.

La ayuda, al final, no fue mucho mejor. Me tenía que cambiar solo. Imagínense. Me dejaban solo en una camilla. Podía hablar, aunque todavía no sabía ese extraño idioma.

La aparición famosa hizo su debida presentación: interactuó conmigo a través de redes sociales. Bien de este siglo. Al menos sonreí después de mucha seriedad. Y ahí estaba, mágicamente, curándome. Viviendo para contarlo. Sin dolores ni nada que me preocupara. Así que empecé a dudar. Llega un momento que nuestro cerebro se queda sin presupuesto, y lo que parecía tan real ahora es anodino. Después de todo, existe más de un tipo de duda. Ya estoy empezando a ver las cosas con desconfianza. Veo la conexión y busco el cortocircuito. Ya tengo mi experiencia en eso para cuando las cosas se ponen muy feas y me quiero ahorrar el mal rato.

Abrir los ojos resultó muy difícil. Y es que esta vez, estaba moribundo. Por mi salud psíquica, y teniendo en cuenta que pocas veces recuerdo estas cosas, me resulta beneficioso escribir esto. Un mal sueño.

Buscador

Con cierta incertidumbre, buscó en internet sinónimos de la palabra tiempo. Por alguna razón, la computadora se tildaba y no respondía durante un par de segundos. Después de reiterados intentos fallidos y furiosos golpes sobre el teclado, la pantalla se alumbró y expresó:

Quizás usted ha querido decir: "Salga un rato al sol, idiota".

"Dale derecho, hasta que topa"

Ando con dudas. Dudo, dudo y me quedo atrancado en la d. Casi desde el comienzo, dudo. Más o menos desde el cuarto o quinto *cuento*. Y acá estoy. Acá estamos. Cuando uno se quiere acordar, el acuerdo ya se acordó de uno. Y ahí ya no zafás. Así que se sigue escribiendo y leyendo. Riendo, recordando, fantaseando, llorando. Y la duda va y viene. ¿Hasta cuándo? ¿Qué más? ¿Ya es suficiente? Y pasan las historias y uno sigue y sigue. Y el acuerdo va cambiando y se transforma en otro acuerdo. Y dale, seguimos. Y otra idea viene. Y bueno, le metemos. El círculo no se cierra; la contratapa no llega…

Pero mientras tanto, es hermoso. No se presiona. Sale cuando quiere. Y cuando puede. A veces hay sequía y otras hay implosiones. Pero en todo momento el laburo está. Ahí dentro, maquinando, inhalando y exhalando. Transpirando historias. Escupiendo pasión. Ojo, por ley, se toma sus vacaciones. Pero no le fue una buena estrategia gastárselas todas juntas hace bastante. Ahora no tiene tanto tiempo libre. Y ahí va el pibe. Sale temprano de la casa, saluda a sus hijos y esposa y agarra la bicicleta. Está tratando de dejar el auto. Dice que lo estresa tanto ruido sin un propósito, sin caos aparente.

Tranquilo el flaco. Llega a tiempo, como casi siempre. Pocas veces ha llegado tarde, pero cuando ha pasado han ocurrido errores bárbaros, de esos que ahora se recuerdan con una carcajada, conversando en el bar. Pero el pibe ahora lo maneja mejor, y llega a tiempo. Tampoco es que es medio gil (o medio inocente) y llega media hora antes. Por favor, no crean eso.

En el trabajo, su tarea es simple: funcionar. No se le pide mucho. A veces sí, pero en esos casos ha dado todo su esfuerzo. Para resumir, el muchacho se encarga de que todo durante el día vaya bien. Tira las palabras para que salgan de la boca, controla que se mueva una pierna y luego la otra para caminar, trata de que la espalda no esté muy encorvada todo el día… cosas como esas. También maneja el aire para que entre y salga sin problemas, tira ideas si le parece conveniente, alivia la comezón de lugares complicados, retiene orina si no hay un inodoro cerca y muchas otras funciones. No es un trabajo extremadamente duro, pero sí hay que estar muy enfocado. Un descuido medio grande y vaya a saber uno qué puede pasar. Basta nomás leer el diario o ver noticieros para entenderlo. Y no, no me refiero a accidentes mortales, sino a otros: los morales.

No puede evitar acordarse de cuando le cambiaron el horario del laburo. Lo pasaron al turno noche. "Es más *tranqui*", le dijeron. Y así fue. Recorriendo los pasillos escuchaba el eco de sus pasos. Se caminaba todo el circuito. Se lo aprendió de memoria. A veces, se llevaba algo para leer. Muchas veces se quedó dormido y no prendió el sistema hasta tarde. Pasa que el loco se aburría mucho. Entonces comenzó a bajar en secreto. Con una especie de ganzúa abría las puertas de otros sistemas. Y espiaba. Curioseaba. Y así llegó al sistema motriz. Estaba aburrido y algo intrigado. Y cómo había leído un poco, pensó que podía probar. Agarró los controles de los dedos y empezó.

Y es por esto que, desde hace un tiempo ya, el flaco anda preocupado. Anda con dudas. Duda, duda y se queda atrancado en la d. Casi desde el comienzo, duda. Y acá está. Y acá estoy. Y acá estamos. Cree que le van a cambiar el horario de vuelta a la mañana. Y eso que lo venía haciendo bien. O al menos eso me parece a mí. Ustedes dirán.

Libertad

Perseguía palomas muy temprano, en las madrugadas. El quiosquero era el primero que siempre lo veía. De conjunto polar y boina verde, la silueta corría y se iba detallando a medida que el sol se elevaba. Las palomas, astutas y pícaras, esperaban a último momento para despegar con desgano del cemento. Muchas parecían dar grandes saltos y caer metros más adelante, donde restos de comida esperaban. Y ahí andaba el viejo, correteando palomas en una peatonal desolada.

Se decía que estaba loco. También se decía que era un borracho aburrido. Pero otro rumor más fuerte decía que el viejo buscaba algo. Algo más que una simple paloma. Buscaba un momento. Y cuando este se iba volando, el viejo se quedaba mirándolo, extrañándolo. Dicen que así se le fue gran parte de la vida. Buscando recuerdos. Esperándolos hasta el otro día para cazarlos, para sentirlos como hoy. Nunca nadie lo vio con uno entre sus manos.

Curiosamente o no, el viejo murió un 23 de enero.

Stille nacht

—Pará, pará, ¿vos me estás diciendo que la ensalada rusa se llama así, pero en realidad no es de Rusia?

Los muñecos del pesebre se miraron con cierto asombro, a pesar de no tener facciones en su rostro. La pregunta era la misma todos los años. La respuesta, en esa mesa con cubiertos para uno, también.

Tiempo

Lo miró pensativo. Trató de no hablar. Trató casi de no moverse. Ni siquiera quería tragar su flema para no hacer ruido. Unas lágrimas cayeron hasta su boca, eran dulces. Creyó estar cayéndose, pero en realidad solo estaba mareado. Suspiró con enojo y fue a buscar una silla. Volvió al lugar donde se encontraba y se sentó. Siguió mirándolo muy pensativo. Sus manos dudaron. Al final subió los brazos y lo acarició. La piel de sus dedos surcó los pelos negros y finos una y otra vez. Permaneció en esta posición un largo rato. El ruido de las máquinas a un costado hacía que no pudieran dormirse. Mucho menos relajarse.

Usó su otra mano. Esta vez los dedos fueron a la zona de las orejas, pasando por el hocico y bordeando los ojos. Un leve llanto lleno de furia, lleno de tristeza, con hambre de explicaciones, y con sordera para escucharlas, salió de su garganta o de algún lugar más profundo que no supo reconocer. Entonces, esos ojos marrones lo encontraron. Vieron las lágrimas caer por su rostro y las sintieron dulces también. Vieron esos dedos recorriendo su pelaje y tuvo cosquillas. Vieron esos ojos que fabricaban vida y recordó. Ahora, dos pares de ojos lloraban. Cada uno a su manera, con sus preocupaciones, con lo que dejaban y esperaban, pero, al fin y al cabo, lloraban.

Cuando pudo transformar el llanto en palabra, él le dijo:

—¿Por qué ahora?

Y entre un momento inmenso rodeado de corridas por el parque, de risas y retos, de caricias y juegos y así también de mordidas y disculpas, el aire osciló por la presencia de su inconfundible voz:

—¿Y por qué no? Más significa contaminarme.

Y antes de que pudiera comenzar un debate acalorado poniendo sobre la mesa las exigencias casi estúpidas y ciertamente abusadoras de su patético y exigente dios, notó que la máquina a un costado ya no hacía ningún tipo de ruido.

Demasiado. Lloró demasiado.

Respiración

Me encuentro una noche tecleando cuando siento una presencia por detrás. Al darme vuelta solo veo la soledad de mi cuarto y el pasillo. No puedo decir que esto me tranquilice, porque no es así. Cada vez que tengo esta sensación pasa lo que tiene que pasar. Y esta vez no es la excepción.

La espera no es tan larga como otras veces. Un brazo circula por delante de mi cuello y me aprieta fuerte, me lleva para atrás. Es inútil por mi parte luchar, ya sé cómo va a acabar esto, pero si no lucho me quedo sin aire. Aunque cada vez tengo mayor resistencia en los pulmones, no es una experiencia agradable. El brazo aprieta con mayor fuerza. Hace rato comprendí que no podía sacármelo de encima: no había nada que tocar. Mi mano llegaba a mi cuello sin nada que estorbara, pero el aire faltaba igual. Así que me muevo hacia adelante, hago fuerza con el abdomen y tiro mi cuerpo hacia la pantalla en blanco. El aire no llega tan bien a mi cabeza y eso contrae un dolor tedioso, por describirlo de alguna forma. A veces no sé lo que quiero, pero lo quiero ya. Cuando tiene ganas, el brazo deja de hacer fuerza y me suelta. Entre bocanadas de aire y de esclavitud me remito a las teclas y tecleo. Tecleo y sigo tecleando. No paro durante un rato largo. El dolor de cabeza disminuye hasta desaparecer y yo miro hacia atrás. Nada nuevamente. Escucho entre tanto silencio que me llaman desde la cocina, sé que es momento de acostarme.

Cuando quiero darme cuenta, ya estoy despierto. Me levanto y observo mi cuarto a plena luz del día. Allí, en ese rincón oscuro de la habitación. Allí está. Me mira fijamente: he llegado a la conclusión de que no tiene párpados. En cuclillas y con las manos rodeando sus piernas, espera. Espera el momento para salir. Espera la noche.

Y así, entre algunas noches y otras no tanto, la muchacha Idea se desliza como un lagarto por el suelo, siendo casi invisible y salta a mi silla como luchadora profesional asmática dejándome solo una opción: escribir.

No, no sirve. Cuando me he negado, ha traído a sus amigas Insistencia y Obstinación, que, aunque son similares, una hace de policía buena y otra de mala. Muchas veces se sientan en el escritorio, esperando resultados. Esos días, mis ojos hinchados de tanta impunidad me agradecen que puedan cerrarse.

Evocar

Lo encontraron luego de dos años de desaparecido. Cuando un turista se adentró en las profundidades de ese terreno asfixiante, lo vio. Llevaba una remera y pantalones cortos desgastados y tenía pelos en abundancia por todo su cuerpo. Había vivido bien gracias a los animales de la zona y algunos canales de aguas subterráneas.

Al regresar a su antigua casa instantáneamente se metió a la ducha. Pasaron cinco horas. Al salir, tenía la botella de champú vacía en sus manos. Cuando le preguntaron qué había pasado él dijo:

—Me bañé por cada día que no lo había hecho.

Mientras escucho

—¿Subte Línea B?

Ya no sé cuántas veces me lo habrá preguntado. Todos los días, o casi todos, lo veía con su botellita de agua mineral mientras buscaba en los carteles sucios. Luego se acercaba y me preguntaba a mí, un ingenuo en su momento, y yo le señalaba la otra punta de la estación.

Un día no vino a preguntar. Se había quedado atrapado en el subsuelo.

Algunos lo desmienten y cantan que se quedó atrapado en el viento.

Algo

Trato, juro que trato. Le pongo toda mi voluntad. Me concentro en la pantalla y no le despego los ojos. Mentira, pasan unos segundos y me distraigo. Celular, ruidos en otra pieza, una idea genial que se asoma despacito. Algo. Ruidos y más ruidos. Chiquito, grandes, de esos que traen olores, visiones o una combinación de ambos. Pero juro que trato. Pasa que no es lo mismo. Cada vez que lo intento salgo perdiendo. Nunca, pero nunca, he conseguido un empate. Ni de local y muchos menos de visitante. Una vez llegué a penales, pero el arquero de ellos, que se llamaba Luis Procrastinación, me atajó casi todas. Después algo sonó, un teléfono o una bocina y terminé perdiendo por abandono. Recuerdo ese día con cariño, casi rompo una mala racha. Una racha que viene desde los inicios.

Que difícil se está haciendo. Me la veo venir. Cualquier boludez va a ocurrir para que yo abandone nuevamente. Puede ser una situación gigante como una muy chica. La casa del vecino explotando por los aires o un mosquito medio bobo que perdió a su familia y la anda buscando. O la peor de todas: quedarse en blanco. Y así, de repente, caigo y me doy cuenta. Creo que siempre me pasa lo mismo. Ahora me acuerdo por qué juego estos partidos de noche y no de día. Saco las manos del teclado y me doy cuenta de que detonaron tres casas del barrio, el bobo me chupó toda la sangre del brazo, tengo quince llamadas perdidas y hay un ave mensajera del otro lado de mi ventana. Así que me levanto y postergo este algo para la noche. Para las noches. Que no se te olvide nuevamente. Y cuando voy a cerrar el programa, veo que he escrito un par de palabras. Las empiezo a leer, pero el bobo me pide un pucho: debe ser que ya tomó demasiada sangre. Así que guardo el archivo. Creo que algo ahí había. Algo.

Cordón umbilical

Esta es la historia de un joven que supo exactamente cómo y cuándo iba a ser su muerte.

Y a pesar de esto, no pudo modificar su destino.

Cerveza Negra

—¿Te imaginás un mundo sin violencia?

—No.

—Yo tampoco.

Aquí viene el sol

Todo lo que hasta ese momento se conocía cambió. El cielo se expandió. Las nubes se esfumaron. Las palabras no alcanzaron para describir lo que estaba ocurriendo. Fue un cambio tan profundo como el universo mismo. Bajaron lentamente. Todas las historias contadas hasta ese momento se vieron burdas y sin sentido. La realidad superó a la ficción.

Aterrizaron con suavidad. Abuelos, madres, padres, hermanos y hermanas, hijos e hijas, tíos, primas, perros, gatos, enfermos y locos, recién nacidos, infantes y todos aquellos que alguna vez fueron amados.

—Pueden venir cuando quieran —dijeron—, solo tienen que ser felices.

Nada

Me encontraba muy tranquilo en la plaza esperando a un amigo. Casi al atardecer, sentado livianamente en un banco, con gente de todas las edades disfrutando del verde y de lo que quedaba de luz. Sonido envolvente, tranquilidad, diversidad sin rencores. Debo reconocer que me perdí en esa especie de perfección. Al llegar mi amigo, su pregunta fue no más que la que a cualquiera le sale espontáneamente: "¿Qué hacés?".

¿Por qué siempre que nos preguntan qué estamos haciendo en una situación donde nos ven demasiados quietos decimos "Estaba pensando"? ¿Qué estaba pensando? ¿De qué forma? ¿Quién nos enseñó esa forma de responder?

No suspires así. Ahora nos fijamos si podemos llegar a algo. Y sino, todo bien. Si la siguiente página está arrancada entonces la conclusión es que no llegué a un carajo. O capaz que terminás de leer y te das cuenta de que en realidad no llegué a nada en particular.

¿No hay un par de historias así por acá? Creeme, las habrá.

Bueno, para empezar, no sé quién fue el vivo que inventó esa frase de *estaba pensando*. Seguramente era un loco al que le gustaba pensar mucho. Filósofo emprendedor de pensamientos. Peor fue el alma que después (o tal vez antes) respondió por primera vez *nada*. Seguramente era un pastoso que no tenía ganas de hablar mucho. O tal vez un hiperfilósofo, de esos que levitan mediante "la posta" que dijo tal o cual en su momento. Sí, *la posta,* entre comillas. Ni muy muy, ni tan tan. Pero eso es tema para otro asado.

Bien, vamos avanzando. A este le tengo fe. En este llegamos a algo un poquitito más palpable. Qué discutible se me hace lo de palpable, y eso que lo acabo de escribir. La cosa es que muchas veces hablamos de forma automática, y está bien, sino moriríamos devastados por el razonamiento. Pero el *pensando* no me lo banco. Me choca. En realidad, lo que menos estás haciendo en esos momentos es pensar. Capaz que te estás dejando llevar por pensamientos, pero eso es totalmente distinto. La acción en sí, que es pensar, difícilmente la hagas tan concentrado en un momento como el que narré al principio, por ejemplo. Ponele, ponele, que John Nash se sentaba remanija en el parque y mientras miraba un árbol estaba calculando la forma de un hiperboloide. Ponele que Einstein desayunaba mirando un punto fijo desarrollando la teoría de la relatividad. Ponele. Pero apuesto a que vos no. Entonces ¿por qué el pensando?

No sé. Aunque sí sé algo. La próxima vez que estés en un momento así, cuando te pregunten "¿Qué haces?", fíjate si podés responder "Estaba sintiendo". Si te parece muy brusca la respuesta podés responder "Nada... estaba sintiendo".

Porque con el *nada* no hay problema. Y menos mal, porque si no, no habría visión que soportara leer tanto enrosque sin llegada alguna.

El abrazo de los libros

Hay muchas cosas raras, pero que rara es la gente. He conocido personas que han leído una barbaridad, que saben de todo mucho más que un poco, que poseen un vocabulario tan grande como una de esas colecciones enciclopédicas (cuando un libro era un libro). Que han visto tantas películas que por sus miradas se desprenden, en noches silenciosas, Buster escapando de un policía, Marlon saliendo de un río vietnamita, Ricardo jugando al TEG, Cecilia llorando a su hijo bajo la lluvia.

En fin, gente sumamente culta. Tan culta, como aburrida. Porque pueden haber visto como haber leído o investigado, pero poco pueden haber sentido. En sus palabras no hay nada más que sus palabras. Nada en que buscar, nada en que detenerse. Ni siquiera por accidente, nada que detectar. Todo llano, superfluo. Ojo, esto no quiere decir que sea la regla. Pero tampoco es la excepción.

Y después… después está el otro bando. Porque, aunque dividir las cosas sea algo burdo, la verdad es que tienen su división. Se quiera o no. Por el otro lado están aquellos que mucho no conocen, mucho no se informan, mucho mucho de algo no parece que sepan. Pero como sienten… como sienten... Eso no se enseña. No se ve en un diario, en un programa a las tres de la tarde o en una película de Kieślowski. Eso se vive. Y ellos son los encargados de dar vida a aquel que está muerto. Ellos son las baterías alrededor nuestro. Cada palabra, cada acción que desprenden, uno las agarra en el aire, y, de un bocado, de esos que saben a multisabor, las incorpora en sus tripas.

Pero, siempre hay peros. Y el pero de esta ocasión es tan fácil como difícil. Tan claro como oscuro. La suerte de probar uno de estos bocados obliga a formar nuevos bocados para compartir.

Hay muchas cosas raras, pero qué raro soy yo.

Sin título.docx

¿Qué decir que no se haya dicho? ¿Qué hacer cuando todo se ha hecho? ¿Qué pensar, cuando alguien más lo pensó?

Qué cosa difícil es esta cosa. Aquí y allá, vienen y van, rompen y disimulan su pasar. Y por esto, no deben considerarse unos reclusos de la libertad, sino más bien del libertinaje. Todo lleva a otras cosas de ese todo, y ese todo lleva a otro todo más grande, o al menos no tan refinado como el anterior. Quienes llevan las palabras, la materia, la vida, saben que deben apurarse. Es un apuro muy particular. Trazando cruces y líneas, círculos y sombras, todo lo que ven cabe en la punta de un alfiler. Todo en lo que creen, cae sin golpearse.

Es que la función principal, ellos saben, viene del cómo y no del qué.

Max

"Yo no pedí aprender una sola palabra, la libertad es para tipos duros", pensaba Max mientras escribía por las madrugadas. Hacía unos dos meses aproximadamente que, por distintas cuestiones que no vienen al caso, había bajado el ritmo de su escritura. Sus dedos, por lo tanto, dudaban. Su cabeza acomodaba ideas. Y, entre tanto y tanto, alguna frase realista (y por qué no pesimista) se plasmaba en la pantalla. Entiende que al humano lo que le gusta es la diversidad, pero el cochino y maleducado mercado vende con falsos modales la homogeneidad. "La variedad también es para tipos duros, con razón no es tan rentable", pensaba y reanalizaba Max.

Pero él no podía cambiar nada. Ni siquiera movería un milímetro a aquellos. Todo seguiría igual, hiciera lo que hiciera. Sabe que sus dedos no tienen la convicción que posee una publicidad, la fuerza que tiene un discurso político, la preocupación que tiene un programa de chimentos. Pero, aun así, llegaría. A pocos, muchos, algunos, un país entero, un loco de otro continente, uno solo… pero llegaría.

Casi que se veía en la sudestada. Pum, pam. Piñas van, piñas vienen. Y con piñas se refería a palabras. Esas que desacomodan y te arruinan o te elevan hasta puntos impensados. Esas que ningún clan o secta milenaria antigua han descubierto cómo utilizar de manera letal… Y demos gracias por eso. Ya se ha dicho, el cómo es más que el qué. Y de eso hay ejemplos de sobra: habladores utópicos convenciendo sobre la utopía en un discurso en el que esa *utopicidad* es la utopía de controlarte y que no te controles. Porque sino, ¿de qué serviría? Suerte con eso.

Pero Max ya estaba cansado, casi abatido por la tinta surrealista que exprimían sus nervios. Agotado, cerró algo más que sus ojos; cerró sus ganas de escribir. Al menos durante algún tiempo. Y así fue como se dispuso a juntar todo lo que había hecho, apretujándolo y dándole un piso y un techo, para que aquellas larvas no intentaran escaparse, no intentaran crecer por lugares donde no les correspondía, donde la mirada de extraños sería el veneno exacto para acabar con ellas. Max se dispuso a cerrar como un artesano, como un albañil de esos que ya no quedan, todo rincón de lo que había hecho.

A la mañana siguiente, satisfecho con su trabajo, Max se dispuso a terminar este mágico proceso a través de la etapa final: la cocción. Sacó toda esa materia que poseía piso y techo y la dejó reposar en el sol durante todo el día.

La luz del amanecer ablandó el contenido que había en el interior y permitió a las larvas acomodarse.

Al mediodía, la fuerte luz solar marcó y dividió la cantidad de hojas hasta los límites que permitían el piso y techo, que ahora se pulían lentamente.

Durante la siesta, las larvas crecieron y el calor nefasto de ese interior hizo que explotaran y dejaran su marca en todas las hojas.

El atardecer trajo consigo las palabras que antes se ocultaban y las ideas que se remarcaban entre líneas.

Y al final, fue la noche la que permitió que todo quedara impreso, acoplado al lugar que le había sido propuesto, marcando a fuego la piel del papel como un tatuaje que jamás se podría borrar una vez que entrara por las pupilas.

Al otro día, Max comprobó que su obra estaba realizada. La imaginación había juntado lo que el entendimiento separaba. Un pequeño legado, una simple visión. El testigo de su existencia.

Max se acercó y vio que las ataduras que le había dado a su materia estaban ahora obsoletas, podridas en el piso. Cuando fue a agarrar su obra un pensamiento floreció de algún lugar: "Si no le temes a la muerte, ¿por qué te importa la forma de morir?". Max no lo entendió. Fue un disparo al aire, no conoció el origen.

Agarró un lápiz y escribió de forma clara:

UNA COMBINACIÓN
DE COSAS
QUE SOLO TIENEN
TU SENTIDO

La santa sin cabeza
que merodeaba por la ciénaga

Me atraviesan unos sentimientos de culpa. Me hacen mal. Desde hace un tiempo que me ocurre como un mal inexplicable. Se propaga lentamente muchas veces, de forma silenciosa, escudándose en lo hecho hasta ahora, en *hiciste lo que pudiste*. Pero tarde o temprano (más tarde que temprano) sale al descubierto, implosiona. Las heridas sangran el conocimiento de la conciencia, la existencia del problema. Gotas de la realidad caen al piso. Y uno, como puede, intenta tapar ese hueco abierto, esa lógica que nos ayuda a estandarizarnos y sentirnos útiles. Porque a veces más que lo que puedo, soy. Porque a veces lo normal es correctamente divertido para mí.

Pero para todo existe su momento. Su aire o su ausencia. Presentarnos ante la equidad de nuestros pensamientos, y pedir prestado un ratito las ganas de vivir. "Las ganas de conocer lo que hay después del mar", cantaría el de Calle 13. Las ganas de atreverse a pisar la mierda y saborearla, digo yo. No es tan poético pero me dice lo mismo y hasta más. Soy de esos que entre respiro y respiro me relevo por dentro.

Y así es que llego hasta acá, ahora mismo. Porque me siento mal. Porque me invade la culpa. Porque capaz que mañana no esté. Porque me exijo demasiado. Porque intento apurar lo natural. Y atrasar lo ilógico.

Debo reconocer que entre tanto y tanto, alguna cosa, ya sea algo textual, visual, oral o una mezcla entre esto, me emociona. Me emociona al punto de querer ir más allá. Al punto de meterme a la mierd… bueno, se entendió. Y cuando eso pasa, abro lo ojos. No es tan simple ver que hay debajo de esta piel.

Ahora bien, la culpa es complementaria a esto. Supongamos, por ejemplo, que una persona adulta se diera cuenta por primera vez en su vida de que ha pisado una hormiga matándola. ¿No se sentiría culpable al pensar que en todos estos años ha matado cientos, tal vez millones de hormigas sin siquiera saberlo?

A mí me pasa algo similar.

Pero no, no he matado a nadie. Esto cava más hondo. Recientemente he tenido la oportunidad de participar de una charla que me ha cambiado muchas cosas. Cambiado es una palabra mal usada, diría *ampliado* mejor. Y eso, abrir los ojos de un segundo a otro trae consigo el no entender por qué no ocurrió antes. El porqué de los porqués. Si es que se puede escribir así.

A lo que quiero llegar es que me siento mal por cosas que quiero hacer próximamente, por objetivos que quiero lograr prematuramente, por cualidades que aún no poseo, por momentos que deseo que ocurran. Me siento mal por el futuro. La necesidad de no saber si algún día todo va a valer la pena. Si lo que busco me encaminará. La incertidumbre disimulada. Ni más ni menos.

Ya está, por ahora no tengo nada más que decir. Capaz que algún día lo comprenda. Aunque es probable que no. En unos días serán otras las incertidumbres y en unos meses otras distintas y en muchos años aparecerán otras nuevas. Vamos haciendo y deshaciendo. No nos conformamos. Al menos yo y un par más.

No tengo un final para este. No puedo tener un final para todo. Hay gente que me recomienda no cerrar todas mis *historias* (sí, en cursiva porque a veces ni yo entiendo qué significa contar una historia) así que no lo voy a hacer. Básicamente me remito a seguir tecleando. En algún momento pararé. Lo único que puedo decirles es que por celular esta *historia* se ve bastante bien. Contundente pero no totalmente satisfactoria. Insípida pero sin ser controversial. Una delicia. Así que no me voy a despedir. Hay cosas que no necesitan un final. Suponiendo que algo lo neces

Repus

La lluvia impactaba sobre las ventanas del micro. Hacía varios días que caía agua del cielo como si fuera lo último que deberíamos ver en nuestras vidas. El punzante frío, de ese que traba las articulaciones y quiebra los dedos, tampoco ayudaba. Sumado a todo esto, la espesa neblina en el ambiente daba un toque surrealista a todo su alrededor. Días en los que uno se queda unos minutos más en la cama. Semanas en las que se postergan tareas. Meses en los que se desentienden decisiones.

La madrugaba se mostraba en el reloj, no así en el cielo que durante todo el día era igual. El micro iniciaba su recorrido como de costumbre y con exactitud en cuanto a hora y lugar de parada. Realizadas un par de cuadras, unas cinco personas se encontraban en el colectivo, todas muy abrigadas y con solo sus ojos al descubierto. El silencio dentro del vehículo era levemente interrumpido por el rugir del viejo motor que lo movía. Todo normal, un día más en la hermosa ciudad lluviosa. Un momento más en los minutos del triste cielo. Todo normal…

El chofer logró diferenciar una mano abierta que salía desde la neblina. Se limitó a frenar y abrir la puerta, siempre mirando hacia el frente. Un guante negro agarró uno de los caños amarillos del colectivo y comenzó a subir. El hombre, vestido de superhéroe, sacó la tarjeta de un bolsillo camuflado en su traje y pagó el boleto. Las gotas caían sobre la máscara negra, pegando sobre su mentón descubierto para luego aterrizar en el traje gris. La larga capa drenaba toda el agua, que bajaba por los escalones de entrada del micro y se perdían en la calle. Durante unos segundos miró hacia los asientos. Luego miró al chofer, que lo observaba sin ninguna expresión en su rostro. El *Murciélago* notó que la cara del conductor era rara, como si estuviera quemada. Volvió a mirar hacia los asientos y avanzó hasta el final, sentándose en el último asiento de la fila individual.

Solo uno de los cinco pasajeros contempló al *Murciélago*. El joven, sentado en la mitad del micro en la fila individual, observó atontado al superhéroe caminar con decisión por el piso descolorido del transporte. El traje marcaba los músculos del *Murciélago*. La máscara intensificaba su mirada decisiva. Le parecía tan bien hecho y tan real que no podía creerlo. Al pasar a su lado, el joven sintió toda la furia que una persona puede tener, toda la frustración y la tristeza de alguien que todos los días sale a buscar algo que ya perdió hace tiempo y que nunca volverá… Igual que el verdadero *Murciélago*.

Podía sentir su respiración, aunque estuviera a unos seis asientos de distancia.

Pasaron dos paradas, donde nadie subió ni bajó. En la tercera parada otra mano salió de la neblina. El *Búho* subió sin mucha dificultad y pagó el boleto. Llevaba unas gafas especiales que cubrían sus ojos, por lo que era muy difícil saber qué miraba realmente. Su traje, de color azul claro y con plumas talladas alrededor de todo su cuerpo, impactaba y provocaba fascinación. Esta vez, todos los pasajeros levantaron sus cabezas para verlo. El *Búho* se quedó parado con los brazos cruzados. Seguro miraba al *Murciélago*, del cual solo el brillo blanco de sus ojos se distinguía de la sombra que había sobre el final del colectivo.

Mientras que las caras de los pasajeros se horrorizaban lentamente, la cara del joven mostraba curiosidad. El *Búho* se sentó justo adelante del muchacho, que no disimulaba su expresión de niño idiotizado. El silencio del micro se transformó de golpe en susurros y ruidos de cámaras de celular. Podía distinguirse algún par de risas contenidas.

Todo cambió en la siguiente parada. Con el colectivo aún en movimiento subió un flaco dando saltos. No pagó el boleto y en lugar de eso se trepó a los caños que están pegados al techo mientras el chofer aceleraba. Resbaló y cayó al piso. Comenzó a reír a carcajadas. Todo fue tan rápido que nadie logró distinguir quién era esa persona. Fue cuando el flaco se sentó en el piso que esta anormal situación dejó de ser graciosa para todos. Excepto para él.

Su sonrisa era enorme. Con sus guantes descoloridos llevó su cabeza para un costado y crujió su cuello. Se reía por lo bajo. Levantó la mirada y observó a cada uno de los que estaban sentados. Sus ojos profundos, bordeados de alguna pintura negra, contenían una maldad difícil de explicar. Se levantó y sacudió su traje violeta. Acomodó su corbata verdosa. Del chaleco sacó un encendedor y lo mostró al público como quien está haciendo un truco de magia y, con un movimiento torpe, sacó un petardo de su mano izquierda. Saltó de la felicidad. Prendió el petardo y lo tiró hacia el pasillo. Una señora gritó. El cohete explotó y los pasajeros se aturdieron. *Pelo Verde* se reía tan fuerte que comenzó a dolerle la panza. El timbre sonó más de una vez en el interior del colectivo. El chofer miró por el espejo y frenó. Todos los pasajeros bajaron.

Búho y *Murciélago* miraban a *Pelo Verde*. El micro había vuelto a andar por la calle lluviosa. *Pelo Verde* dejó de reírse y movió su cuerpo de forma extraña hacia un costado. Miró a *Búho* pero no lo observó en realidad. En el asiento de atrás un joven miraba con temor hacia adelante, miraba la cara pálida de *Pelo Verde*, pero no se atrevía a mirarlo directo a los ojos.

El gracioso de traje violeta se acercó al joven. Se acercó demasiado. Tanto, que podía olerlo. El joven miraba temblando hacia la ventana. *Pelo Verde* sonrió y comenzó a sacar algo de uno de sus bolsillos traseros. Una sombra provocó un fuerte impacto. El *Murciélago* ahora estaba parado al lado del joven mientras que el comediante desquiciado rezongaba del dolor metros más adelante.

—¿Qué hacés pelotudo? Dejá al chico.

Pelo Verde se limpiaba la sangre que le salía de la ceja.

—Esto me va a dejar cicatriz… —mira al *Murciélago*—. ¿Cuántas veces te tengo que decir que tengas cuidado con la cara? Mañana me entrevista el canal *9*… —intenta frenar la sangre que sigue cayendo—, que tipo egoísta sos…

El micro frena en una nueva parada. Todos miran hacia adelante. Sube un tipo grande físicamente, de unos cuarenta años y paga el boleto. *Cómico* lleva hombreras, rodilleras y un atuendo militar que le deja los brazos al descubierto. De pelo corto y bigotudo, con rasgos faciales muy duros. Prende un habano y le guiña un ojo a *Búho*, que le responde con una sutil mueca. *Pelo Verde* se ríe desde el suelo mientras dice:

—Pero miren quién llegó, el tipo que se define a sí mismo *gracioso*. ¿Vas a contar de vuelta el chiste del payaso Pagliassi? Ah cierto, ese chiste es de tu amigo…

Pelo Verde golpea el suelo de la risa. Cómico lo levanta y le apaga el habano en la frente, por lo que el desquiciado se retuerce del dolor. El bigotudo se ríe de placer. *Pelo Verde* saca un fierro de su manga derecha y golpea el abdomen de *Cómico*, que cae al piso y suelta al payaso.

—Ahora sí se empieza a poner divertido… —se peina sus pelos verdes flúor y se acerca a *Cómico* arrastrando el fierro por el piso.

Búho se levanta del asiento y se dispone a golpear al payaso, pero el *Murciélago* le agarra el brazo. El emplumado se da vuelta y comienza a pelear contra la sombra. No utilizan ningún tipo de armas, solo sus pies y manos. El joven mira todo desde su asiento sin parpadear.

En las siguientes paradas mucha gente fue subiendo y sumándose a la pelea: el chico alto con un traje de buzo verde acompañado por una chica más baja que él con peluca rosada, un tipo con una especie de escudo con la bandera del país, una chica pintada completamente de azul, un joven con un traje parecido al de una araña, una adolescente vestida de forma similar a *Pelo Verde*, una persona con una máscara blanca y manchas negras, similar a esos test de psicología, y un gordo rubio con un martillo para carpintería, entre otros.

Llegado a este punto, podría seguir detallando la pelea, pero no sería necesario. Piñas, patadas y sangre iban y venían. El joven pasajero no se había movido de su asiento y observaba todo con un extraño esplendor.

De pronto, el micro aceleró de tal manera que todos los que viajaban perdieron el equilibrio y cayeron, unos encima de otros. La risa del chofer comenzó a aumentar hasta que empezó a tararear un tema infantil a toda voz. *Murciélago* se recompuso y gritó:

—¡Es el *Mercenario*!

El chofer mira de reojo para atrás y saca la lengua. Su cara se le ilumina y se pueden ver las quemaduras de segundo grado que están en cada rincón de su rostro. Saca de su bolsillo una capucha roja con parches negros en la zona de los ojos y se la coloca. Acerca su mano derecha a la boca, como si tuviera una radio portátil.

—Alfa, Eco, Bravo, solicito permiso para un aterrizaje de emergencia...

Hace ruidos de pitidos con la boca. Empieza a hablar de forma aguda.

—Phhhssss...Phhhssss aquí base, permiso autorizado, quinientos metros más adelante puede hacerlo.

El *Mercenario* se ríe un poco más. Pone quinta y acelera. Los que habían logrado pararse caen nuevamente. El tipo vestido de araña se vuelve a parar y corriendo se dirige hacia el chofer. Se escucha un tiro. *Araña* cae de rodillas al piso y se apoya en un asiento. *Mercenario* apunta su pistola al herido mirando desde el espejo retrovisor y dispara dos veces. Un tiro le pega en un costado del cuello. El otro le cae a la altura de la nariz. *Araña* cae dócilmente al suelo. Su traje rojo se confunde con la sangre que escupe. El chofer guarda el arma y pone ambas manos en el volante.

Todos los disfrazados, exceptuando el *Murciélago,* que se encuentra atónito, se levantan como pueden y corren hacia la parte delantera del micro. *Mercenario* los ve venir pero no saca su pistola, en vez de eso, saca las manos del volante y las apoya sobre su nuca, echando su cuerpo para atrás. *Búho* mira el paisaje que tiene delante y grita.

El colectivo rompe la barrera de contención y cae sobre el canal Cacique Guaymallén. Pega contra la pared opuesta desde donde cayó y rebota tres veces en el hormigón del suelo. Una leve corriente de agua lo arrastra pocos metros hacia delante...

Una persona se acerca al accidente. Lleva puesto un abrigo negro que lo tapa completamente. Se saca la capucha y estira sus dos brazos hacia adelante. Su piel es de color celeste oscuro, está pelado y tiene marcado un pequeño círculo con un punto negro en su centro entre sus dos cejas. El hombre cierra los ojos y se concentra. Sus manos comienzan a vibrar. Se oyen sirenas a lo lejos. El hombre mira hacia los costados, se asusta y se pone nuevamente la capucha, escapando de la escena.

Al llegar el primer camión de bomberos, el colectivo explota en el canal. Su ardiente llamarada anaranjada se distingue a kilómetros, a pesar de la espesa niebla.

Las sirenas callan, solo se escuchan las gotas de lluvia caer sobre el cemento.

Sí, es difícil

Sí, es difícil. No sé de qué quiero hablar exactamente. Que difícil. Qué complicados somos, ¿no? Una pregunta atrás de otra. Un pensamiento absorbiendo a otro. La sangre pasa y no deja restos. El mar hace lo mismo. Las palabras van saliendo de a poco. Muy de a poco. Tanto es así, que las manos dudan, aunque el corazón esté empecinado en mostrar lo que tiene. Los dedos asquean las teclas. Cada sílaba teme salir. Cada punto desea no ser descubierto. La pausa es mortal, si se alarga por cualquier motivo todo se pierde. Basta con cerrar todo y alejarse. Irse, irse muy lejos. Distraer la mente, tratar de apagar las entrañas. Televisión basura. Cualquier cosa que nos saque. Disparos, explosiones, conflictos, lujuria, mentiras sincronizadas, sexo, publicidades, eufemismos, luces incandescentes, lo mediático, más sexo, letras grandes, carteles vistosos, montajes excéntricos, zappings abrumadores, canales y más canales. Pero la pregunta primaria (si es que todavía no la hacés) sería: ¿Qué es realmente cualquier cosa que nos saque?

No se puede volver atrás. No hay tiempo para releer todo. No lo hagas. ¿O acaso en todo momento de tu vida repasas las cosas para ver cómo hubiesen sido? ¿Ah, sí, lo hacés? No lo hagas. Se acaba todo. O mejor dicho comienza todo a partir de ese todo que se acaba. Es algo constante, no se puede detener. No sirve de nada intentarlo. O en realidad sí, aunque siempre tendrá el mismo resultado. Una y otra vez hasta el hartazgo. ¿De qué hablamos cuando hablamos? Y así, hasta el final de los tiempos. Todo se podría resumir en palabrería. Aprendemos a través de la palabrería. Queremos sentir a través de la palabrería. Queremos vivir a través de la palabrería. Pero esto es imposible. Es tan imposible que es posible. Como cuando se desea mucho algo y termina ocurriendo. El hecho es que no debería hacerse, pero se hace. Queremos estar felices cuando nos compran algo. Queremos estar tristes cuando vemos el noticiero. Queremos sentirnos ocupados cuando nos preguntan qué es de nuestra vida. Queremos sonreír y mirar al cielo agradecidos cuando aprobamos. Queremos sentirnos comprendidos cuando gente que no conocemos nos da un *like* por redes sociales. Queremos sentirnos importantes cuando opinamos sobre temas sumamente delicados desde un teclado. Queremos hacerle saber al mundo que nuestros días no son pasajeros, y queremos comunicárselo sacando fotos de cualquier cosa que nos pase por delante ese día. Queremos mostrar que no estamos solos y por eso aniquilamos una *selfie* con diversos filtros. Queremos ser compasivos y compartimos noticias tristes. Queremos vivir y por eso nos escondemos detrás de una pantalla. Queremos todo y no tenemos nada.

¿Nada? ¿Nada de nada? No estoy tan seguro. Tenemos todo. No puedo hacer las preguntas de aquello que desconozco, así que empiezo a conocerlo… El viento sobre el rostro. La luz de la mañana sobre los pies. Tu perro lamiéndote una mano. Un recuerdo borroso de alguien que ya se fue. Un necesario abrazo. Tu canción favorita. Las figuras raras que ves cuando abrís y cerras los ojos con fuerza. Ese sabor de helado que te fascina. Sacarte el pellejito del costado de la uña del dedo gordo. Crujir las rodillas. Mirar a alguien directo a los ojos durante unos segundos y entenderlo. Ese mechón de pelos que solo lo podés bajar con mucha agua. Los labios secos. El olor a transpiración. Un apretón de manos. Un beso en la mejilla. La risa forzada. Y morirte de risa. Levantar la mano y preguntar una estupidez. Tararear un tema hasta que se lo pegás a alguien. Acomodarte la ropa interior disimuladamente en el colectivo. El olor del dedo índice después de tocar muchas monedas. Inclinar la cabeza hacia un lado y hacia otro. El llanto contenido que aflora después de leer o ver algo que te llega profundo. Mirarte al espejo y quedarte quieto. Salir de casa sin peinarte. Un cordón que se desata en plena caminata. Unas palabras que sin querer hieren al otro. Una bebida que se cae en una fiesta a la madrugada. El mosquito que vuela cerca de tu oreja. La mueca de tu boca cuando el corazón envía la sangre de manera diferente. Tus ojos saboreando las palabras de una hoja. El humo blanco y espeso que derramás en la habitación semioscura. El frío que te rompe los dedos. La capucha que te queda corta y no te tapa toda la frente. El portazo después de una discusión. El llanto silencioso después de algo que te decepcionó solo a vos. Un mensaje que nunca llega. Otro que llega y vos no lo querías. Esa película que te emociona. Ese chiste que sirve para romper la seriedad. Los temas filosóficos después de un par de porrones. La música que te aturde. El suéter de algodón atado a la cintura. El vaso de plástico que pierde líquido. Una mano que te toca el hombro sin que lo anticipes. Ese beso cuando estás bien borracho. El pedo silencioso cuando ya no podés retenerlo más. La cara de asco del compañero de atrás. Esa pregunta hiperabierta y para hablar toda una eternidad que surge en una clase rejodida. Un brindis. Una palmada después de tanto tiempo. Un *hola* tímido después de alguna pelea. Un comentario sarcástico que pasa desapercibido. El machete que apretás fuerte en la mano mientras el profesor pasa a tu lado. Un pelotazo en la cara de un amigo. Agarrar un destornillador y tratar de clavarlo en el pasto. La alarma del celular que hace que te quieras matar. Ese nudo en la garganta que detiene a todos los órganos del cuerpo. Una pelotudez que te alegra el día. Ir pisando las hojas secas. Cruzar en verde y que un taxista te putee. Hacerte amigo de alguien solo porque conocen un capítulo de *Los Simpsons*. Quedarte jugando videojuegos hasta la madrugada. También puede ser porno. Limpiar disimuladamente el pico de la botella antes de tomar. Tragarte el chicle después de un muy buen chiste. Decir cosas que nunca hubieses querido decir. Extrañar. Sufrir. Saber que un día tu mascota ya no va a estar más con vos. Aceptar cosas que no se pueden cambiar. Cerrar el documento sin haberlo guardado. El cine poniéndote la película equivocada. Un vuelto que te dieron de más y te hiciste el boludo. Alguien que se la rejugó por vos. Entender a una persona por las cosas que le han tocado vivir. Cantar a los gritos en el boliche ese tema que odias. Llorar de la emoción en tu retiro espiritual. Tener miedo al enfrentarte a la oscuridad por primera vez. La curiosidad de salir con unos amigos de la carpa en una noche de pleno campamento escolar. Ese pogo que te destrozó las gambas. Cuando te hacés el gil para no saludar a alguien que te cae mal. Dibujar solo por dibujar. Una foto con esa *persona famosa* que para vos significa todo. Ese sueño *flashero* que te mantiene pensando todo el día. Esa clase que esperás durante toda la semana. La primera vez que te das cuenta de que las cosas nunca están completamente bien o mal. Acordarte el nombre específico de algo específico que nadie más se acuerda. Que te cague una paloma en pleno centro. Romperte la frente con la tapa del inodoro de lo borracho que estás. Decir que no, aunque le rompas el corazón. Mostrar algo y que te lo menosprecien. Entrenar a la noche. Tratar de llamar la atención para que te vea. La primera vez que tus viejos te vieron en pedo. Y la que te vieron vomitar por eso. Comer hasta hartarte. Rascarte la pera. Hacer bolita un moco. Pararte al lado del aire acondicionado. Cuando pedías un tema por la radio y se lo dedicabas a alguien. Darte cuenta de que esa banda ya no te vuela la cabeza. Conocer cosas por casualidad y después amarlas. El miedo que te viene cuando estás por hacer algo importante. La primera vez que te sonríe. Aguantarse las ganas de ir al baño. Ese grito que no te agrada nada. El apodo que te condena por ese año. No correr en la clase de educación física. Ese momento cuando estás con alguien en la cama. Cuando te vas de tema y te lo hacen saber. Cuando te alaban por algo que no hiciste. Esa serie que siempre decís que vas a dejar de ver, pero de alguna forma te mantiene atrapado. El silencio incómodo en la cena. Los golpes a la consola para que lea el disco. Las peleas con tu hermano. El vuelto del pan que te quedás. La primera vez que mentiste para zafar de un asunto. Amonestaciones en el colegio. Sentir su sonrisa en la oscuridad. Reírte por cualquier cosa. Sentarte mal y caerte. Ver videos de miedo y después no poder dormir. Cuando corrías por el parque y te creías un superhéroe. La primera vez que viste a tu mascota y te diste cuenta que era muy chiquita. Mirarla ahora y ver todo el amor en sus ojos. La primera vez que perdiste. Esa vez que te fue genial. El aplauso de la gente. Las fotos en los actos patrios. Reírse justo antes de cantar el Himno. Ese petardo que no explotó y que deja el suspenso de si se apagó en el aire o si estaba fallado. Un perro callejero corriendo asustado por los fuegos artificiales. Comer una fruta porque estás estreñido. Esos apuntes que lees la noche anterior para ver si te queda algo. Cuando dormís tranquilo sabiendo que lo de mañana está resuelto. Cuando te acordás a las 11 de la noche del mapa político de Argentina que tenés que llevar para mañana. La arena quemándote los pies. Echarse una meada en el mar. Las quemaduras por encima de la nariz. La cachetada por decir una boludez. Acariciar el pasto húmedo. Esa remera que te compraron y que no te querés poner. Ese beso amargo cuando las cosas andaban mal. Desayunar mirando un punto fijo. Recordar millones de cosas en muy poco tiempo. Buscar tu nombre en internet. Quedarse pensando mucho tiempo, en el silencio absoluto…

Voy a ser sincero, todas estas *sensaciones* o como quieran llamarlo lo escribí de un solo tirón... Podría haber seguido mucho más, pero los párpados no querían. Solo agregué la última oración.

Así que… volviendo al principio (¿cuándo no?) la pregunta es: ¿Qué es realmente cualquier cosa que nos saque? El viaje, deambular más allá de lo presente. No se debe confundir esto con la distracción (que es todo aquello o la mayoría que está dentro de esas finas cajas medidas en pulgadas con luces led). El viaje es algo más. Es aquella sonrisa silenciosa, aquel corto suspiro o cualquier gesto corporal que tuviste al leer las concisas oraciones de recién. Algo que se movió adentro. Deseado o no deseado. Escondido o a la luz. Eso corre por cuenta de cada uno… Sí, es difícil.

Ignorancia

Hace mucho tiempo, no sabría decir con exactitud hace cuánto (son esos recuerdos tan sutiles que a uno se le quedan para siempre), escuché "El ignorante es más feliz que aquel que sabe mucho". Debo decir que en su momento consideré esto una estupidez, un chiste artificial. ¿Cómo podía ser que alguien no quisiera entender nuevas cosas cada día? ¿Cómo alguien estaría de acuerdo en quedarse atascado de todo nuevo conocimiento solo por capricho? ¿Qué motivaría a una persona a no sentir curiosidad por tratar de comprender todo lo que nos rodea?

Durante mucho tiempo sostuve que esa frase no llevaba a ningún lado, que eran puras excusas de aquellos que simplemente no buscaban algo, o no querían buscarlo. Y esa oposición tan marcada de mi parte me llevó a que me adentrara en mares grisáceos, profundos y espesos. Y muchas veces me ahogara. O necesitara un tiempo para digerir afirmaciones erróneas, mentiras reglamentarias, dudas desprestigiadas, mitos ejemplificadores. Todo lo que se conoce y lo que no. Investigaciones, situaciones, charlas. Lo que es y lo que no es. Probabilidades, hechos, conflictos. Una de cal y otra de arena.

Con esto no quiero decir que encontré una verdad absoluta. Esta no existe, digan lo que digan. Lo oigan donde lo oigan. Si alguien dice eso o apenas lo insinúa, corran.

Aléjense. Es fácil entrar en esa atmósfera y exclamar a los gritos "¡Veo el sol!", cuando en realidad estás viendo la luna. Lo que yo intento expresar es que aún sigo perdido y toda mi vida lo estaré. Como todos ustedes, como todos nosotros. Pero ahora logro distinguir un poco mejor las huellas en la tierra. Y diferencio el sol de la luna.

Seguramente muchos estén igual que yo. Y eso les choque. Ese es el peor síntoma. El choque frío, silencioso. Y los que no miran es porque no quieren ver. Sin embargo, no todo está perdido. Hay una doble intención en esa frase trillada del principio de esta nota. Por un lado, hay una verdad, pero por el otro hay una mentira. El que logra entender, por mínimo que sea algún hecho, no solo es menos feliz, sino que además es más consciente. Y la conciencia, aunque duela, nos ayuda a que cuando logremos domarla nos haga plenos. Y la plenitud, luego de mucho tiempo de práctica, nos llevará a la felicidad real, no esa simulada, aleatoria, promiscua.

¿O no?

No lo sé, debería esperar…

Manualrretrato

Mucha información. Palabrería. En realidad, no sé nada, ni lo sabré. ¿Para qué busco? ¿Qué busco? Me descubro todos los días. Hoy no voy a pensar lo mismo que mañana. Mañana capaz que no esté. Soy por partes. Voy a escribir algo superficial para demostrar que soy profundo. Estúpido inconformista. No sé por qué hago muchas cosas. Tampoco sé por qué no hago otras. Improviso como todos. Veo la pared y solo veo eso: una pared. A veces sobran explicaciones y faltan hechos. Acciones, acciones. Despertar, comer, dormir. Todos los días. Pensar, pensar. Soy y existo. Existo y temo. Temo y siento. Siento y muero. Caminar, caminar. Sigo pensando. Doy vueltas a cosas que nunca voy a entender. Todo en lo que alguna vez creí lo tiro y lo desecho sin más nada. Cosas dentro de otras cosas. Evolución en la involución. Dolor de cabeza. Duermo mucho. Duermo poco. No respeto mis propias reglas. Basta. No todo tiene una lógica. No todo es hermoso. Con suerte creo en mí mismo. No sé cómo sigue. Esperate. Son mis tiempos. Es mi momento. Entendeme. O no lo hagas pero no te metas. Mi vida. Mis recuerdos. Yo me encuentro. Yo puedo. Muchos cambios. Poco tiempo. Voy bien. Falta el resto. ¿Para qué llegar a lo mejor ahora si luego no podré superarme?

Me llevo a donde vaya. Todo sigue. Yo sigo.

Martes por la noche

Sé que voy a ser un hipócrita toda mi vida.

Un día me encuentro criticando las corridas de toros por ser tan grotescas y esa misma noche estoy recalentando el asado que sobró del domingo para cenar.

Porque me opongo totalmente contra la violencia hacia los animales y del otro lado del mundo un joven también juzga a todo aquel que piense distinto mientras come un gato al horno.

Que no creo en Dios como ser omnipresente, más bien como un sentido de vivir, pero cuando una tragedia asome a mi vida sé que diré "Dios mío, ¿por qué me haces esto?". Sabiendo que la pregunta no tiene respuesta, la pregunta de algo que no existe, pero lo hago existir, porque soy hipócrita.

Y me quejo de lo que tengo y lo que no, y mañana cuando lo tenga todo también me quejaré justamente por esa razón: al tener todo ya no hay más nada que tener.

Me encuentro dando vueltas a asuntos y analizando comportamientos y nada tendrá más sentido y una explicación tan corta y rotunda como el impulso, la reacción que habita en cada uno de nosotros, que muchas veces da un portazo para luego volver a entrar y quedarse allí, como quien no quiere la cosa. Pero nuevamente, seré hipócrita y dividiré lo indivisible, pensaré lo irracional y no sentiré lo real.

Me encuentro dando fundamentos completamente vacíos pero que en algún momento llenarán el vaso y, como buen existencialista, este llegará al tope de su capacidad y rebalsará. Escurrirá las cosas que uno aprendió desde siempre, desde la cultura, desde la visión de los demás, desde el sentido común, desde los errores, desde los grandes aciertos, desde la pura suerte, desde la vida

Y entonces, el templo quedará en blanco. Despojado, no vacío. La cosa y el sujeto o el sujeto y otro sujeto serán finitas. Tendrán una parada y un final. Casi como una profecía todo impactará y muchas formas serán solo siluetas deformemente contorneadas.

Tic-tac. Tic-tac.

Alguien frenará su paso de golpe, tan así que muchos detrás lo esquivarán y serán despectivos con él. Pero ese alguien entrará en sí mismo y cuando salga nada cambiará:

El mundo seguirá girando a la misma velocidad.

La gente seguirá apresurada por llegar a ningún lado.

El amor continuará doliendo.

La frustración atacará sin aviso.

El miedo paralizará al que no lo domine.

La vida se llevará por delante a aquel que no quiera ser.

El arrepentimiento matará antes que la misma muerte.

Y la conciencia prevalecerá en el mundo de nuestros ídolos muertos.

Chau.

En ese segundo, ese alguien habrá entendido lo mismo que yo entendí hace poco: somos hipócritas y siempre lo seguiremos siendo.

Principios

Caminaba solo y aburrido, mientras iba pisando su particular sombra. Llevaba ya un par de horas cuando comenzó a impacientarse. "¿A dónde han ido todos?", se preguntaba.

El atardecer acompañaba su silueta y se iba despidiendo de él. Al llegar la noche no detuvo su marcha, sino que la incrementó. De alguna manera, la oscuridad siempre lo había llamado. Se sentía más cómodo en ella, aunque no por esto era más productivo en esas horas. Todo lo contrario.

En la profundidad del todo, recordaba. Recordaba cómo había despedido a las personas, a algunas en particular, y no podía evitar escupir fuertes carcajadas que inundaban su ser. También hablaba solo, siempre recordando, ya que el futuro le era incierto. El eco duplicaba y hasta triplicaba sus habladurías. Las habladurías del mundo. Lo curioso, si se quiere, es que nadie lo escuchaba.

Con la vuelta del sol volvió a ver su sombra. Trataba de alcanzarla, pero le era imposible. Se paró en la orilla del lago y se entretuvo tirándole piedras. Comió un par de manzanas que habían caído de los árboles y siguió su camino. Una vez que pasaba por un lugar nunca volvía la mirada hacia atrás.

"Ya aparecerán. Es cuestión de tiempo", se repetía una y otra vez.

La noche aparcaba nuevamente sobre el espacio. Tiempo de risas. Tiempo de energía.

Y así, hora tras hora, el mundo giraba sin detenerse y su ansiedad lo invadía inconscientemente. Cada segundo que pasaba lo acercaba un poco más...

El pequeño lo miraba paralizado, sin atreverse a hacer nada. Pasaron unos minutos hasta que se acercó y se quedó a su lado. Lo notaba débil. Desnutrido, pero no en cuanto a falta de alimento. Cuando sus miradas conectaron todo fue más claro: lo conocía, aunque no lo hubiera visto nunca. De repente el pequeño comenzó a llorar desgarrado, como quien acaba de nacer.

—¿Por qué llorás? —le preguntó preocupado

—Porque vos no lo hacés —sollozó el niño mientras huía por el arroyo.

Dejó de contar los días y las noches. Ya no importaba. Siguió empeorando hasta que, una tarde, se sintió realmente bien. No encontró la explicación a esto hasta avanzada la noche, caminando en la oscuridad: el chico había llegado a su final.

Pronto sería el próximo.

Se recostó sobre una piedra y miró el suelo. Se desvanecería hasta quedar solo un punto. O ni siquiera eso. Una última risa.

—Tengo que dejarme ir.

Una leve ventisca lo empujó.

Al anochecer el silencio fue absoluto. Ya no había nada que escuchar.

La Muerte había muerto.

Besos por celular

Mientras caía sobre el cemento comenzó a llorar. Sus lágrimas rebotaron en el suelo antes de que se derrumbara completamente. Todo estaba vacío, pero todavía lograba escuchar el latir. Se mantuvo con una mano abierta hacia adelante. Luego volvió a su coche y se marchó.

Amaba regresar por las tardes a su casa. Siempre era recibido como si fuera el último día: no podría jamás alejarse de su corazón.

¿Qué sospechas de los monos?

Todavía recuerdo una de las primeras clases del taller de guion. La tarea era muy simple: realizar un escrito de lo que quisiéramos según la pregunta que está como título de esta historia.

Aquí mi respuesta.

¿Qué sospechas de los monos?

No hay mejor manera de responder a una pregunta que analizándola por partes. Siempre que se tenga el tiempo necesario (no es válido para conversaciones matutinas), esta práctica es altamente recomendable, ya que como todos saben (o por lo menos yo), cada palabra es un mundo y cada uno de estos mundos es analizado de diversas maneras por cada persona que se atreva a navegarlos.

En primer lugar, hay que reconocer las palabras clave: sospechas y monos. La palabra sospecha, *en mi opinión, es una de esas donde la subjetividad predomina: acciones, miradas, comportamientos de alguien o algo que nos incitan a pensar cosas, millones de cosas que aún no suceden y probablemente nunca sucedan. En cambio, la palabra* monos *contiene un significado objetivo: animal o cualquier cosa del universo a la que uno quiera describir de esa manera. Esta objetividad tarde o temprano se inclina sin piedad hacia una subjetividad del individuo, hacia un mundo conocido por todos, pero transitado en distintas formas y órdenes según la persona. En ese momento, uno entiende que nada es blanco o negro, solo gris.*

En conclusión, ¿quiénes son los monos? Mi respuesta es que todos nosotros: siguiendo a un grupo, preocupándose por el mismo y por su bienestar, dejándonos guiar por una naturaleza electrónica *que nos dice cómo debemos ser y sentirnos, en mayor o menor medida. ¿Qué sospecho de ellos? Sospecho que más temprano que tarde se autodestruirán.*

Coin

¿Cuál es el punto? ¿Para qué hacemos las cosas? ¿Acaso algo tiene sentido? ¿Qué es lo que nos impulsa día a día? ¿A qué queremos llegar?

Los pensamientos de Acid eran nocivos. Muchas veces todo se mezclaba en su interior dando luz a grandes cosas, como a otras que mejor nunca haber imaginado. La luz de la lámpara apenas iluminaba su rostro. Todo lo demás era un sobrante, no formaba parte de él ni de nada.

—¿Qué estás pensando Acid?

—Nada importante

—A mí no me engañás. Lo puedo sentir.

—Dejame solo

—¿Más solo de lo que estás ahora?

Acid no respondió. Sabía que estas conversaciones nunca llevaban a nada. Y odiaba eso. No soportaba todo aquello que fuera una falsedad, burdo, plano. Toda acción que mostrara una falsa imagen, una mentira. Y este era el caso. Acid abrió los ojos lentamente. Se incorporó, volvió a sí mismo.

—¿No te dije que me dejaras solo?

—Sabés que solo me aburro. Dale, salgamos un rato.

—Hoy no tengo ganas. Mañana tal vez.

—Bueno, me voy a quedar acá sin hacer ruido.

Acid le dirigió la mirada. La silueta que le hablaba era joven y alta. Se había recostado en la cama. Su cabello era claro y corto, y esto resaltaba sus ojos, que eran dominados por un marrón profundo. En ellos se veía una vida entera, una cantidad de tiempo y vivencias que llamaban la atención. Eran los ojos de un anciano puestos en un joven. Acid miraba sus ojos con regularidad. Le hacían recordar quién era él. Corría el largo pelo de su rostro y apreciaba con minuciosidad esa silueta. De pronto, sintió la necesidad de hablarle:

—Coin…

—Acid.

—¿Esto es común?

—¿Qué cosa?

—Estos momentos…

—Sí, no te preocupés demasiado. Todo el mundo los tiene. El problema es que muchos no los reconocen o, simplemente, no quieren hacerlo. Ese no es tu caso.

—Entonces, ¿cuál es mi problema?

—Eso no puedo decírtelo, al menos no explícitamente. Seguí buscando.

—Prometeme una cosa… Prometeme que no me vas a dejar caer.

No hubo respuesta. Las certezas son para los tontos, dicen. Y en el momento en que Acid iba a reclamar una contestación comenzó a caer. Cayó y cayó. Metros, kilómetros. Pudo sentir la sangre de su cabeza dar vueltas y salir por sus oídos y su nariz. Venas y arterias se hincharon, llevando más carga de la habitual. Pudo verse como una gota en el mar, como una abeja en un panal. Era una estrella más en el cosmos. Y gritaba, gritaba.

Abrió los ojos. La frescura del pasto acarició su piel. Sus dedos se movieron, bailaron por las gotas de rocío. Todo lo que alguna vez había deseado estaba allí. Era su patio trasero. Ni muy grande, ni muy pequeño, pero para él era lo mejor del mundo. Que gratificante era todo. Cada objeto tenía su propio color, su propia belleza. Los detalles ahora eran visibles. Distinguía cosas que no recordaba saber distinguir. Escuchaba la música en el aire. Coin estaba recostado unos metros adelante, dormía plácidamente.

Todo cambió. Comenzó a rodar. Las piernas le dolían. El estómago le apretaba. Giraba rápidamente, sin poder visualizar nada. Lo único que fue capaz de reconocer fue que el lugar a donde se dirigía estaba oscuro. Porque pase lo que pase, uno siempre va a distinguir la oscuridad de la luz. La única diferencia es con cuál se está más a gusto.

Esta vez, el olfato fue el primero en reaccionar. Un aire sucio se extendió dentro de él. Algo se estaba quemando. Creyó estar ciego y comenzó a sudar. La oscuridad era tal que daba lo mismo si tenía los ojos abiertos o cerrados. Aquel que haya estado en lo más profundo asentirá.

Una luz. Una diminuta y tímida luz. Era una linterna. Alguien le hacía señas. Tuvo que ir por allá. El barro le llegaba a los tobillos, se tropezaba con yuyos que le impedían el paso. Sus brazos no eran suficientes para correr toda esa maleza. Insectos extraños posaban sobre sus hombros. Parecían burlarse de su sufrimiento, para luego picarlo y marcharse. Acid creyó ver caras de gente conocida en esos bichos. Y luego, la luz comenzó a moverse menos. Y así también, comenzó a apagarse. Sus piernas aumentaron la velocidad. Cada músculo dentro de sí dio todo lo que tenía. La luz se extinguió. No fue suficiente. Aunque todo gran esfuerzo nunca es en vano, Acid no pudo ignorar sentirse mal.

Volvió a caer, pero esta vez muy dócil. Pesaba menos que una pluma y una simple corriente de aire podría perderlo para siempre. El calor en el desierto era insoportable. En su interior, metros de intestinos se resentían y se encogían ante la falta de agua. Encontró sombra, pero la esquivó. No moriría en el confort sin siquiera haber intentado conocer lo que estaba más allá. Sentía pena por aquellos necios que ante la sombra no descubrían otras luces. Caminó y caminó. Y cuando en su cuerpo toda el agua se evaporó, el oxígeno dejó de fluir a su cabeza, quebrando sus tobillos como los árboles más codiciados por su madera.

Su cabeza no chocó contra la arena, sino que le dio la bienvenida a una envolvente agua fresca. Comenzó a hundirse, recobró sus sentidos muy tarde. De pronto, sintió una gran presión en su pecho. Sus pulmones se inundaban sin consuelo. Creyó captar sonidos, que empezaron a tener forma. Y ahí distinguió situaciones y problemas. Malentendidos, peleas, tristeza… Distancia. Una gran distancia con todo. Lloró. Lloró todo lo que pudo bajo el mar, pero nadie, ni él mismo, vio sus lágrimas. Y cuando los sonidos cesaron, pudo escuchar su llanto. Pero otra vez, nadie lo escuchó. En su última oportunidad quiso escapar. No resolver, sino huir. Sintió una mano que, dura y fuerte, lo agarró sin mucha cordialidad y lo arrancó de esos pitidos. El bote no era el mejor, pero flotaba. Coin estaba allí.

Las olas no tuvieron piedad. Nunca la tienen. No importa que uno lo merezca o no, cuando estas suben, bajan de igual manera para todos, sin excepciones. Coin y Acid tomaban aire segundos antes de los impactos y seguían. Solo seguían. Así durante todo un atardecer y toda una noche…

Por la mañana todo volvió a la normalidad.

Sentado sobre el bote casi pierde el equilibrio. La madera ahora era una silla. No podía apoyar los pies en el suelo. Lejos de sentirse inferior, se sentía feliz. Podía revolear sus extremidades hasta donde quisiera, hasta donde el viento las llevara. Mantenía su cabeza sobre el piso, viviendo el momento, a pesar de las potentes luces y ruidos que se encontraban arriba y muy lejos de él. Se dio cuenta de que no estaba solo, miró a su alrededor. Cientos de personas con sus piernas en el aire estaban sentadas en sillas de madera. Todos miraban hacia arriba. Querían encontrar algo que en realidad no estaba ahí. Soñaban con apreciar algo que nunca se presentaría ante ellos. Muchos se desesperaban, parándose en sus sillas o incluso saltando sobre ellas. Se angustiaban por la frustración. Y Acid no entendía. Miró nuevamente sus piernas. La caída hacia abajo era larga, difusa. No lo dudó y abandonó su asiento. El piso no lo recibió de buena manera, moretones y heridas no se hicieron esperar. Pero luego de unos momentos, comenzó a gatear. Se movía como podía. Y hecha una distancia, sus piernas se hicieron cada vez más fuertes hasta el punto de pararse. Trepó. La colina que lo separaba de las luces y sonidos hilarantes lo atrasó, pero nunca se detuvo. Los demás giraron sus cabezas. Muchos no lo entendían y volvieron a mirar hacia arriba, otros saltaron de la silla y al caer volvieron a subir rápidamente, mientras que unos pocos lo imitaron y empezaron a trepar por la colina.

Al llegar a la cima, Acid sonrió.

Tráfico, mucho tráfico. Pedazos de vidrios por doquier. Chapas abolladas, destruidas. Sirenas, bocinas, gritos, desesperación. Una luz pasó delante de él. Luego otra más. Al acoplarse sus ojos a lo que estaba pasando vio un pasillo largo y blanco. Un par de personas lo llevaban. El fino colchón donde estaba acostado lo acurrucaba cómodamente. Acid pensó que nunca había dormido tan bien en su vida.

Al despertarse vio a Coin, sentado de espaldas a él, que miraba al horizonte. La luna resplandecía en la ciudad, al igual que las estrellas que la acompañaban. Acid se levantó demasiado confuso y caminó hacia donde estaba su peculiar compañero. En el trayecto pudo ver que se encontraban en el techo de un rascacielos tan alto que le pareció irreal. Curiosamente la ciudad que lo sostenía se encontraba a oscuras. Eso les permitía ver el cielo como se disfrutaba hace millones de años, antes de que los focos artificiales y grandes carteles lumínicos con publicidades engañosas taparan algo tan simple como esencial. El autoconocimiento de un hombre se daba cuando el mismo se disponía a ver el cielo estrellado durante horas enteras. Eso se perdió de forma tan lenta pero constante que muy pocos se alarmaron.

Coin se dio vuelta para observar a su arquetipo que se acercaba. Lo detuvo con la mirada. Se paró sin mucho apuro y, a unos cuantos pasos de distancia, se observaron de frente, cara a cara, mutuamente. No hubo palabras, solo gestos. Todo significado se potenció en su forma visual. Cada palabra pronunciada, cada cuerda vocal que había vibrado se comunicó durante esos instantes de forma diferente. Toda la información pasó de una persona a la otra a través de las retinas. Los regaños, las explicaciones, enojos y aceptaciones, todo circuló a gran velocidad y sin obstáculos entre Acid y Coin durante esos momentos.

Era tiempo de partir.

La mancha de humedad del techo se esparcía. La ventana mostraba un paredón a unos cuantos metros. El ladrillo desnudo, sin revoques, le chocaba a la vista. Quiso mover su cabeza, pero estaba tieso y su cuello no quería hacer ningún esfuerzo. Cuando sus músculos obedecieron, encontró que la puerta de su cuarto estaba entreabierta. Sacó la intravenosa de su brazo derecho y salió de ese lugar.

El pasillo era frío con un olor sucio, pero decoroso. Olor a muerte. Allí, una enfermera lo tranquilizó y comenzó a llevarlo a su habitación. Al darse la media vuelta observó por el rabillo del ojo a un sujeto al final del corredor, en la sala de espera. Era Coin. Sacándose a la muchacha de encima, Acid corrió sobre el azulejo blanco sin detenerse. Chocó literalmente en la sala de espera, donde las pocas personas que había lo miraron de forma incrédula. Se buscó a sí mismo entre esa gente. Buscó sus rasgos de joven, su pelo corto y claro. Buscó ese marrón profundo que tanto lo definía. Pero ninguna de esas caras era Coin.

No había desaparecido, es solo que ya no era él. Había comenzado a ayudar a otros.

La Habitación

Acá todo es muy raro. No existe el día o la noche. El tiempo y el espacio se moldean constantemente. La luz y la oscuridad no pelean, pero tampoco saben convivir. El agua y la comida no son indispensables. Lo único que nos mantiene vivos es el sonido, la música.

La enorme habitación donde nos encontramos no tiene ni un principio ni un final. No hay un piso, no hay un techo. Las paredes las formamos nosotros, según queramos no ver a nadie o ver a todos. Pero esto no es malo, todo lo contrario, es mágico. La habitación tiene la forma que uno quiera, el color que uno desee y los sonidos que uno imagine. O mejor aún, la música que uno toque. Y así, el lugar se llena de pequeños arpegios que erizan la piel, de percusiones que destruyen tímpanos o de melodías que atraviesan el alma. Y esto nos mantiene a flote. Nos da una razón para seguir viviendo, para seguir siendo.

Muchas veces debemos trabajar largas horas. Muchas otras estamos una eternidad esperando que nos toque nuestro turno, nuestra aparición. Hace mucho que aprendimos a controlarnos, a no sumirnos en el pánico. Pero lo sabemos. Sabemos que cuando menos lo esperemos nuestro tiempo se acabará y la oscuridad caerá totalmente sobre nosotros. Escucharemos solo nuestra respiración y, en ese momento, sabremos que la muerte estará a nuestro lado...

La alarma sonó fuerte, dando el anuncio. Todos corrimos a nuestras posiciones. Hace mucho que no hay ningún novato entre nosotros, por lo que todos se mueven ágilmente, saben qué hacer. Ya estamos preparados, esperando. Que ansiedad. Tengo frías las manos, me sudan los dedos.

Háganse los sentimientos. Y la música se hizo.

Tocamos. Tocamos amplia y distendidamente. Un disco entero, en su orden, sin salteos de temas. Hacía cuanto que no pasaba esto, ya no lo recuerdo. Felicidad, puro placer. Las caras de mis compañeros lo expresan todo. Los demás nos observan alegres, pero expectantes. Ellos también se mueren por tocar. Esperemos que todos puedan, aunque sabemos que eso es imposible.

Terminamos. La luz ahora está iluminando a otra banda. Por lo menos ellos se respaldan mutuamente. Los solistas no la pasan tan bien. Es muy distinto la soledad a estar solo.

De repente en medio de un tema todo se detiene. Sin explicaciones, sin previo aviso, solo se detiene. Lo que hasta hace un momento era fiesta, risas y mucho ruido ahora es un silencio absoluto que incomoda hasta al más espontáneo. La vida misma. Y en este cambio repentino, en esta montaña rusa de sensaciones, cae nuevamente la depresión. No sabemos cuánto pasará hasta la próxima alarma. Solo esperamos. Sobrevivimos.

Todo pasó, salvo nosotros. El problema se presentó tan de golpe que nos costó verlo. Y es que sumidos en nuestros propios mundos, nuestro interior, perdimos el conocimiento de lo que estaba fuera o más allá. La alarma no sonó nunca más. Y, de a poco, empezamos a decirle adiós a los cortes repentinos de temas, a los adelantamientos, a las repeticiones, al orden aleatorio, a las diferentes ecualizaciones, a las listas de grandes éxitos, a los cambios de volumen y a todas aquellas cosas que nos hacían sentir. Y así, nuestros cuerpos adelgazaron, los dedos se entumecieron y las voces se apagaron. Los instrumentos se oxidaron, las cuerdas se cortaron y los pentagramas se pudrieron. Y cuando estábamos por quedarnos sordos, oímos nuestra respiración en el silencio absoluto. Y lo supimos…

Alguien nos revivió. Fue un golpe duro, al pecho. La alarma volvió a sonar. Nos vimos las caras. Estamos pálidos, apenas podemos movernos. Pero alguien se fijó en nosotros y no vamos a defraudarlo.

Ya no sueno tan bien como antes. Pero hay algo en el sonido, capaz que esa pequeña interferencia o ese fluir de nuestro ritmo, que nos define como un *clásico*. O al menos eso quiero creer.

No sé si allá afuera, todavía, se escucha la música que esta habitación infinita guarda. Música con todas sus ganas de vivir, sus ganas de perdurar. Tampoco es que podemos criticar. Como dice uno de los muchachos acá cuando estamos deprimidos: "Poder decir adiós es crecer".

No es otra referencia a Tarantino

—Dime cuándo llegarán.

—No lo sé

—¿Cuántos son?

—Ni idea

—¿Él vendrá?

—No sabría decírtelo.

—¿Su socio?

—Seguramente

—¿Tiempo?

—Yo diría que diez

—¿Horas?

—Minutos…

—¿Y eso cómo te hace sentir?

—No sé.

—Eres muy expresivo.

—Gracias.

—¿No me dirás nada?

—¿Qué quieres saber?

—¿Él vendrá?

—Te dije que no creo.

—Me dijiste que no sabrías decírmelo.

—Es lo mismo.

—No tengo tiempo para esto, ¿dónde está?

—¿Qué cosa?

—¿Dónde está?

—De qué estás habl…

—¡Dónde está!

—Yo no sé nada.

—Te muestras muy tranquilo para no saber nada.

—Nueve minutos…

—¿Y eso me tiene que incomodar?

—Un poco.

—¿Y a ti no?

—Me da lo mismo.

—Entonces, dime dónde está.

—¿Cómo podría saberlo?

—Estuviste ahí.

—Te has confundido.

—Sabes que no.

—Suponiendo que fuera yo, ¿por qué te lo diría?

—Lo necesito.

—¿Para qué?

—No es tu problema.

—Igual no lo sé.

—Sigues mintiendo.

—Ocho minutos…

El cuarto estaba desierto. Solo dos sillas con dos hombres sentados equilibraban tanto vacío. No había rastros de sangre u otros signos de violencia. Ninguno de los dos estaba atado a su silla. El viejo piso de madera chillaba ante el calor del sol que en horas de la siesta se hacía notar. Un ventanal dejaba pasar la luz al lugar, que ahora caía directamente sobre la espalda del interrogado e iluminaba por completo la cara del interrogador.

—Si el tiempo no es problema para ti, tampoco lo será para mí.

—¿Podríamos corrernos para adelante? El sol en exceso me hace mal.

Ambos hombres toman sus sillas y se alejan del ventanal. El interrogado camina hacia adelante, el interrogador da marcha atrás sin sacarle la vista. Ahora se encuentran más cerca de la puerta de entrada, a espaldas del interrogador.

—Entonces, ¿me dirás dónde está?

—Gracias por corrernos, el sol a esta hora no lo soporto…

—No desvíes el tema…

—Hace poco me diagnosticaron con fotoenvejecimiento, que es una enfermedad…

—No me interesa.

—Que envejece prematuramente la piel…

—Basta.

—Por la exposición continua a rayos ultravioleta que degrad…

—¡Silencio!

El interrogador se levanta y se dirige hacia la puerta que está cerrada. Se queda mirando un punto fijo, cabizbajo. Se saca el saco y lo coloca en el picaporte. Ve una mancha en uno de sus zapatos y se agacha a limpiarla con el dedo. Se incorpora y esta vez se queda hipnotizado mirando hacia arriba, a uno de los rincones de la alta habitación. El interrogado se afloja el nudo de su corbata. A pesar del calor del lugar, se queda con su saco puesto. Solo puede oírse la respiración de ambos. El interrogador da unos pasos, encuentra el interruptor de luz y lo mueve hacia arriba y abajo. Mira al foco, este no prende. Suspira. Se queda esperando que pase algo y durante algunos segundos el sonido del pestillo inunda el cuarto. Click, click, click. Se detiene. Mira al interrogado. Este también lo está mirando. La tensión se ve reflejada en el aire.

—¿Por qué estás realmente aquí? —la voz del interrogado rompe la monotonía.

El interrogador se acerca a su silla mientras se acomoda los tiradores. Se sienta y se cruza de brazos.

—¿Dónde está?

—¿Otra vez?

—¿Dónde está?

—No sé de qué hablas.

—Lo sabes, y mucho mejor que yo.

—¿Qué quieres decir?

—Deja de mentirme.

—No todos pueden verlo.

—¿Por qué no?

—Cinco minutos…

—Explícate.

—Cinco minutos…

—¿Quién más lo sabe?

—Cinco minutos…

El interrogador se levanta para golpear al interrogado, pero este reacciona y esquiva la embestida. La silla del interrogado cae abruptamente. El eco de la caída del interrogador resuena en la sala. Se para rápido y ataca al interrogado, que esta vez no es lo suficientemente rápido para moverse. Lo aplasta contra el piso, mientras le pega sin cesar en su cara y estómago. Tras un par de golpes, el interrogado arroja una fuerte trompada a su atacante. El interrogador se aparta. Tiene rota la nariz. Se dirige hacia la puerta de rodillas, mientras tiñe el cuarto de rojo. Busca su saco y se seca la sangre que sigue saliendo a borbotones. Logra detener el sangrado, como si alguna vez en su vida ya lo hubiera hecho. El interrogado está disuelto en el piso, tratando de recuperar el aire. No puede ver por uno de sus ojos. La sangre propia y del interrogador se mezclan en su cara y en su traje. Ambos tardan muy poco en recomponerse. Saben que no les sobra el tiempo.

—Tres minutos —esta vez el interrogador calcula el tiempo.

Con la hemorragia de la nariz casi detenida, cuelga el traje nuevamente en el picaporte. La sangre se escurre del mismo cayendo en la madera. Se arregla el pelo y se levanta. Su camisa ahora está más roja que blanca. El interrogado ha logrado sentarse, apoyado contra la pared. Comienza a reírse, aunque todavía le falta el aire. Mete la mano en su saco. El interrogador comienza a sudar.

—Tranquilo, no traje armas conmigo. Respeto las reglas —hace un esfuerzo por girarse y ver con su ojo izquierdo al interrogador, que está en mejor condición que el derecho. Saca un paquete de cigarrillos.

El interrogador avanza hacia él y saca de su bolsillo un encendedor, le da fuego y se sienta en su silla, mirando al interrogado apoyado contra la pared mientras fuma. A un ritmo descomunal termina su cigarrillo.

—¿Me darías fuego otra vez?

Al empezar a fumar el segundo, al interrogado se le ocurre una pregunta que cae en su mente. Mira al interrogador y su nariz deformada.

—¿Por qué tienes un encendedor si tú no fumas?

—Dos minutos… —el interrogador mira hacia la puerta.

—Respóndeme.

—¿Yo? ¿Responderte? No me hagas reír. ¿Dónde está?

—Desde que estamos acá te dije que no lo sé.

—Pues será nuestro fin.

—Desde un principio lo fue —el humo de su boca despide al segundo cigarrillo del que solo queda el filtro.

—Estúpido.

—Ya somos dos.

—Solo debes decirme dónde está.

—No confío en ti. No confío en ellos —mira hacia la puerta—. No confío en nadie.

—Entonces, ¿sabes dónde está?

—¿Por qué debería confiar en ti?

—No deberías, pero es tu única salida.

—No eres bueno negociando.

—Nunca lo fui. Tienes suerte de seguir vivo.

—Dile lo mismo a tu nariz —ahoga una carcajada. Ya casi no puede ver por su ojo izquierdo. Un hematoma lo va tapando lentamente.

—¿Reír para no llorar?

—Exacto—el interrogado pide fuego para un tercer cigarrillo. El último del paquete—. Sedúceme compañero, queda solo un minuto.

—¿Qué quieres?

—Si hoy salimos de aquí, confiaré en ti.

—¿Y de qué me sirve que confíes en mí?

—Si confío en ti, significa que te diré todo.

—¿Qué es todo?

—Todo.

—¿Dónde está?

—Eso incluido.

—Dímelo ahora.

—Solo si salimos.

—No puedo prometerte nada.

—Treinta segundos…

—¡Dame una garantía!

—Tranquilo —el interrogado lo mira burlón—. Suspira compañero. Suspira sin fin. Click, click, click.

La puerta se abre con violencia y rebota en la pared. El saco lleno de sangre cae al piso. Cinco personas entran. Todos visten de forma casual, ninguno de traje.

—Muchacho, que mal te ves —un hombre sale de entre los demás y saluda al interrogador. Es relativamente joven, no muy alto, de pelo corto y con rasgos faciales poco definidos. Aparenta más de lo que se ve, es de aquellos en los que no se puede confiar solo por su apariencia.

—No está tan mal, necesita un poco de hielo —le dice mientras el otro avanza hasta la silla del interrogado, que se encuentra tirada en el piso.

—¿Cómo va todo? Parece que ustedes dos no se llevan muy bien…

—Digamos que todo está poniéndose en orden.

—Pues eso me alegra mucho.

—¿Cómo está, señor? Un placer conocerlo en persona —el interrogado le habla por primera vez al hombre que está levantando la que era su silla para sentarse. Las personas que lo acompañan lo esperan al lado de la puerta.

—Mejor que tú, muchacho, eso es seguro —se sienta y se saca su sobrero, que deja sobre su rodilla.

—Vayamos a lo importante —el tono del interrogador es prácticamente una orden.

—Tienes razón, chico —la respuesta del hombre no se hace esperar.

—Ustedes saben que no puedo confiar en ustedes —el interrogado habla escrupulosamente.

—Claro que sí, muchacho. Nadie te está obligando a nada. Pero no puedo esperar a que me den las noticias más tarde, las necesito ahora mismo. Hay cosas que ustedes deben mostrarme. O al menos uno de ustedes. La verdad es que no quiero apurar a nadie, no es mi estilo. Espero ser claro.

—No es tan fácil —el interrogado se dispone a proponer un intercambio.

—Siempre es fácil —la voz del hombre se pone ronca.

Todo ocurre demasiado rápido. Uno de los guardias que se encuentra al lado de la puerta saca su pistola y vacía el cargador sobre el interrogado. Las balas pegan en todo su cuerpo, incluyendo la cara, el cuello y el pecho. No le da tiempo a reaccionar. Hace un momento estaba viviendo y al otro no. El tiempo pasa y no deja rastro. La sangre ahora salpica el ambiente, lo hace propenso a este. El cuerpo del muerto es revisado por otro de los matones del hombre. No encuentran nada relevante.

—Bueno, bueno, parece que tu amigo no tenía nada para mí. Significa que tú debes tenerlo.

—Nunca me dijo nada, lo juro.

—No sé si creerte…

—Lo juro, lo obligué a los golpes y aun así se mantuvo callado.

—La verdad es que no sé si creerte…

—¡Lo juro por lo que más quiero! —las lágrimas del interrogador se asoman por sus ojos.

—¿Y qué es lo que más quieres?

—Juro que no lo sé. No dudaría en decírselo.

—Demasiada charla, pero aun no sé lo que necesito, y eso me molesta…

—No dijo nad…

—Me molesta demasiado —otro guardia del hombre pone sobre la sien del interrogador su pistola.

—¡Juro que no sé nada! —el interrogador llora desconsolado. Las lágrimas y la mucosidad de su nariz rota se mezclan en la parte baja de su cara.

El llanto se hace eterno. Nadie dice nada. El hombre, que está sentado tranquilamente, no lo mira. Sus matones son máquinas, no se los oye ni respirar. En eso, el hombre mira a la izquierda del cuarto. Hay una pequeña puerta justo a la mitad de la habitación. Se levanta y se dirige a ella. Saca de su bolsillo una llave y la abre. El interrogador cesa sus llantos, mira hacia su izquierda y logra ver, por encima del matón que continúa apuntándole, al hombre entrando al oscuro cuarto. La puerta se cierra. Silencio. El interrogador llena su cabeza de preguntas. "¿Qué hay allí? Antes de la llegada del hombre ninguno de los dos le habíamos dado importancia a esa puerta. ¿Estará lo que el hombre y yo estamos buscando? Y si allí estuviera, ¿significa que cuando salga le hará una señal a su guardia y me explotarán la cabeza? ¿Todo esto habrá sido en vano? ¿Voy a morir aquí y ahora?".

Los segundos se alargaron. Las palpitaciones del interrogador aumentaron. Algo hizo una implosión en él. Comenzaron a escucharse ruidos dentro del cuarto. Todo se detuvo. La puerta comienza a abrirse pero se detiene inesperadamente. Los ojos del interrogador exprimen sus últimas lágrimas. Es su final.

Un sonido se originó en esa pequeña habitación y se filtró a la sala del ventanal, provocando que los guardias giraran su cabeza y miraran con curiosidad. El agua se movió ligera por la superficie, limpiando todo a su paso y el inodoro despidió los restos del hombre. El cuarto era un simple baño.

El hombre salió, cerró la puerta y volvió a sentarse. El interrogador miró al hombre fijamente a los ojos y comenzó a reírse. Nunca se había reído tanto en su vida. La línea entre la vida y la muerte a veces es más fina de lo que uno cree. Las carcajadas dejaron sordo al matón que estaba a su lado, que lo calló con una trompada. El interrogador quedó deshecho en el piso. Ya no se veía por dónde sangraba, pero se notaba que cada vez era más.

Entre dos matones lo levantaron y lo sentaron donde había estado en un principio, cuando el interrogado aún vivía. Pero ahora ese lugar lo ocupaba el hombre que, por primera vez desde su llegada, se pone serio y le dice:

—Trata de no desmayarte. No te conviene.

—¿Y qué me conviene?

—Dime lo que sabes.

—Ya le dije que no sé nada.

—Última oportunidad.

—¡Te voy a matar!

El interrogador se levanta furioso. Antes de que pudiera hacer algo los cuatro guardias del hombre lo rodean y lo sientan nuevamente. El hombre se echa para atrás en su silla mientras exclama:

—¿Por qué intentas encajar? Si naciste para romper esquemas, chico.

El interrogador lo mira y se ríe. Pero no es como la risa de hace unos minutos. Para nada. Esta risa expresa una victoria, un verdadero final. Se agacha acercándose al hombre para decirle algo. El hombre entiende la postura y la imita. El interrogador traga sangre y le dice, casi como un suspiro:

—¿Quién intenta encajar?

Y dicho esto se tira violentamente para atrás. Cae sobre su espalda. El respaldo de la silla se parte en dos. Logra despegarse del asiento y gira por el piso, dando una vuelta hacia atrás. Los guardias no entienden qué hace…

El hombre, luego de escuchar la débil frase del interrogador, observa como este inclina todo su cuerpo hacia atrás. Al caer la silla logra ver una mecha prendida que está entrando por el interior del asiento. Cuando lo comprende es demasiado tarde. Pega un aullido.

La silla explota en mil pedazos. Los guardias salen volando por el impacto. Dos de ellos salen volando con dirección al pequeño baño. Otro cae cerca del cuerpo del interrogado y el último impacta en la esquina derecha de la habitación, cerca de la puerta de entrada. El interrogador logra disminuir la reacción pero no evitarla por completo. Al dar un giro por el piso y empezar a ponerse de pie, la explosión lo tira sin piedad para atrás. Destruye la puerta de entrada, saliendo del cuarto y quedando a mitad de un estrecho pasillo. El hombre no tiene tanta suerte. La explosión lo agarra completamente. Su cara se lleva la peor parte. La onda expansiva lo larga para atrás, traspasando el ventanal y cayendo un par de pisos hacia el concreto. Queda la duda de saber si murió en ese instante o al caer en la calle.

Luego de toda explosión viene la calma. El sol remarca el polvillo que todavía circula en el aire. Todos los cuerpos parecen cristales rotos que han quedado en un mueble abandonado. La sangre ya no solo se ve, se huele.

El interrogador mueve su cabeza. No está sordo gracias a los tapones que tenía en sus oídos. Pero no calculó bien el golpe. Intenta pararse, pero es en vano. Tiene un dolor inmenso en la zona de su tobillo izquierdo. Al levantar su pantalón, observa la fractura expuesta. Vomita lo que había almorzado ese día.

De pronto, oye un ruido en el cuarto. Mira, pero no se preocupa. Puede ser cualquier escombro, desde una madera hasta el yeso del techo. Debe ser eso. Pero hoy no es su día de suerte.

Una figura se levanta. Sale de entre una pila de restos y se dirige hacia él. Renguea, pero aun así su paso es firme. El andar de un asesino. Se apoya en el marco todo destrozado de la puerta principal. Al poner su mano sobre la madera un clavo le atraviesa la palma. La silueta grita de dolor y se lo saca de un tirón. El interrogador observa la escena y ve allí mismo su muerte. El sol que sale desde el cuarto le da de frente, por lo que no puede ver bien a ese sujeto. Hasta que este se acerca lo suficiente como para tapar la luz…

Uno de los guardias sobrevivió a la explosión. El mismo que hace unos instantes le estaba apuntando a su sien mientras sollozaba. La parte izquierda de su cuerpo está quemada, los restos que quedan de su vestimenta están pegados a su piel. Le apunta al interrogador. Se ven directamente a los ojos. El guardia hace una mueca. Dispara…

Momentos atrás, el interrogador se había dado cuenta de que el pequeño cuarto al cual había ingresado el hombre era un baño. Durante su risa exagerada el matón que le apuntaba le pegó en el estómago. Eso fue lo único que necesitó. Cuando el guardia bajó la mano que sostenía la pistola, el interrogador colocó en el cañón una pequeña bolsa con arena. No haría que la bala se detuviera ni que la pistola se rompiera. Pero disminuiría la velocidad del primer disparo. O alguna otra cosa, con suerte. En caso de que lo necesitara, solo para ganar tiempo. No podía olvidar los detalles. Nunca lo hacía.

Ahora, ¿cómo sabía el interrogador que justo en este momento de supervivencia mientras yace en medio del pasillo vendría a matarlo el guardia con el cual usó este truco? ¿Cómo sabía que este matón no agarró otra pistola luego de la explosión? ¿O que, en el peor de los casos, fuera la misma pistola, pero luego de bruscos movimientos la bolsa con arena no se hubiese salido del cañón? Realmente… no lo sabía. Solo es una persona que realiza sus movimientos, sus jugadas y espera que todo salga según lo que necesita. A veces se gana y muchas otras, se pierde. Pero en cualquiera de los dos casos, él no puede reprocharse nada…

La bala sale desviada y pega en su hombro derecho. Lo lastima gravemente, pero no lo mata. Expresa todo su dolor. Aunque muy adentro, sin darse cuenta conscientemente, pero muy dentro de él, sabe que esa bala iba a su frente. Se ha salvado la vida, debe darse las gracias a sí mismo.

La mueca del matón desaparece. Ahora comienza a gatillar sin disimulo. El arma está trabada. Al parecer, algo de arena entró en su mecanismo. Pero él no lo sabe. Arroja el arma al suelo. Su enojo lo desborda. Tanto es así, que no lo piensa dos veces, ni siquiera una, y se arroja al interrogador como si no hubiera un mañana. Y, con franqueza, no lo hay.

Durante el forcejeo, los hombres luchan por sus vidas. Por lo que queda de ellas. El sudor de la cara del matón, deformada por las quemaduras, cae sobre el rostro del interrogador, el cual ha perdido la voz de tanto gritar. El guardia está arriba de él, y eso incluye la herida que tiene en su tobillo. Ya habiendo perdido demasiada sangre, sin voz y sin forma de escapar, el interrogador está por darse por vencido. A veces se pierde. Pero, sin siquiera saberlo, una idea se muestra delante de él. La evolución del hombre por prevalecer es más fuerte que cualquier otra cosa. Tantea como puede uno de sus bolsillos izquierdos, el encendedor todavía está ahí. El guardia pone sus dos gruesas manos sobre el cuello del interrogador, quiere apretarlo hasta que escupa sus ojos. Con su mano derecha, el interrogador trata de parar lo inevitable. Le queda poco tiempo.

Logra agarrar su encendedor. Sus ojos se cierran cada vez más. Recuerda que el matón guardaba su munición en el bolsillo derecho de su pantalón. Es una idea estúpida, pero es lo único que tiene. Tal vez, la explosión hizo que el matón al golpearse, cayera sobre su lado derecho. Y tal vez, al caer, los cartuchos se hubiesen roto, liberando un poco de pólvora de las balas. Y, tal vez, solo tal vez, si esa pólvora entrara en contacto con fuego directo produciría unas pequeñas explosiones que como consecuencia harían calentar la pólvora que todavía hay en las balas, produciendo que estas también exploten. Una idea estúpida. Totalmente estúpida. A veces se gana, a veces se pierde. Quién sabe.

Con lo último de sus fuerzas, el interrogador prende el encendedor y trata de llegar al bolsillo derecho del guardia. Ya no puede resistir, comienza a cerrar sus ojos. Hoy perdió. Y lo acepta. Pero lo que no sabe es que un hecho imaginario tal vez, en casos de uno en un millón, puede estar a favor de uno cuando menos lo espera…

Se escuchan uno, dos, cinco, seis disparos. El guardia escupe sangre, que no hace falta decir dónde cae. Deja escapar un último aliento. Sus manos ya no aprietan la garganta del interrogador. Este lo mira a los ojos. Ya no está con nosotros. Se toma su tiempo para sacárselo de encima. No hay apuro. La sangre hace un festín en la escena. Reposa en todo lugar visible por el ojo humano.

El interrogador se sienta, mientras sus músculos se tensan y se acalambran. Nota algo raro. Casi logra oír el ruido que produce un globo cuando tiene un agujero por el cual pierde aire. Lo ve. Uno de esos seis disparos le dio a él. Su muslo izquierdo saca todo lo que hay en su interior. Su pierna se vuelve espesa, pesada. Se saca los tirantes y se hace un torniquete. Tiene experiencia, y por eso sabe que perderá su pierna. Durante unos segundos, se imagina con muletas subiendo unos escalones. Le parece desagradable pero lo acepta y lo saca de su mente. Por lo menos todo terminó. Debe irse y conseguir ayuda. No es ningún amateur. Tiene contactos, había planeado su escape. Doctores y transporte lo esperan a una cuadra. Pero antes debe terminar lo que empezó. Antes debe llevarse lo que ha estado buscando hace mucho. Razón por la cual asesinó a mucha gente, como también perdió a muchos conocidos. Razón por la cual, luego de tanto tiempo, tuvo la pista exacta que lo trajo a este lugar hoy. Y no piensa irse sin ello. Sabe, por buenas fuentes, que el objeto en cuestión está allí. Específicamente en ese cuarto.

A pesar de seguir desangrándose, el interrogador se toma todo el tiempo del mundo en levantarse. El mareo produce que todo le cueste el doble, ha perdido mucha sangre. Logra apoyarse contra la pared y, dando pequeños pasos, llega a la habitación. Al entrar se encuentra con una imagen nada agradable. Aún no puede entender cómo el matón pudo sobrevivir a semejante explosión desde la posición en la que se encontraba. Las arcadas aparecen nuevamente, pero su estómago está vacío, por lo que todo se resume en un asco intenso. Una vez que se acostumbra al hedor, inspecciona el ambiente. Se da cuenta de que es en vano. Sabe que lo que busca está ahí, pero no tiene ni la menor idea de en dónde. Cierra los ojos e imagina el lugar como estaba hace unos instantes, antes de la explosión. Pasea por su cabeza buscando algún indicio pero no ve nada. Retrocede más, viendo al hombre entrar en el baño mientras él llora por su vida. No encuentra nada. Va más atrás, y ve al hombre de pelo corto entrar con sus matones, en busca de explicaciones. Puede ver al interrogado sentado con su ojo morado y el momento exacto en que su cuerpo estalló por tantas balas. Pero no consigue ver lo que quiere. Se encuentra perdido, sin principio ni final, como un ciego en el bosque. Hace un esfuerzo por seguir. Sigue retrocediendo y ve cómo el interrogado fuma y de qué manera su expresión cambia al notar que él tenía un encendedor. Cierra con más fuerza sus ojos. Ahora se ve castigando a golpes al interrogado. Logra ver como la izquierda del mismo lo descoloca y lo tira a un costado. Puede sentir nuevamente la sangre fluyendo de su nariz rota, entrando por su garganta y saliendo por su boca. Pero sigue sin conseguir resultados. Cubre su frente con sus dos manos. Quiere llegar al principio de todo, el punto cero. De repente, está haciendo hacia atrás su silla mientras que el interrogado se adelanta. Está enojado, ese tipo con traje le hace perder el tiempo hablándole de tonterías. Tiene mucho calor, se deshace del saco. Piensa que es inaudito que no haya un perchero en el cuarto y cuelga el traje en el picaporte. Uno de sus zapatos recién lustrados tiene una mancha. Seguramente fue al subir esas viejas escaleras. Juega con el pestillo de la luz. Ni siquiera eso funciona en esa pocilga. El interrogado lo está mirando.

Abre los ojos. La vuelta a la realidad puede ser muy dura, pero no se puede cambiar. Siente impotencia. Odia sentir eso. Si pudiera pegarle una patada a uno de los cadáveres lo haría, pero tiene suerte de mantenerse en pie. Pero no razona, es impulsivo. Un derechazo en lo que queda de uno de los guardias calma su ira, pero le hace perder el equilibrio. Su pierna izquierda es una rama seca. Cae hacia atrás. Insulta a todo ser viviente mientras se levanta. Apoya toda su espalda en la pared. Está por irse. Ya volverá en algún momento. Se peina y al bajar su antebrazo, se pega en el pestillo de la luz. Click. Da media vuelta. Lo acciona otra vez. Click. Repite la acción otras tres veces. Click, click, click. Su mareo se disipa. El hedor desaparece. La sangre deja de escapar de su cuerpo. Lo puede ver. Es el interrogado hablándole, justo antes de que el hombre y sus matones ingresen al lugar. "Suspira, compañero. Suspira sin fin. Click, click, click". ¿Podrá ser? No duda ni un segundo. Con un escombro destruye la carcasa y la saca. Mira el interior. Ahí está. Sus ojos se iluminan. La victoria es suya.

Le eriza la piel. Siente su respiración. Una pistola le apunta con violencia en la nuca. Esto nunca lo esperó. Se encuentra tan sorprendido que simplemente se queda petrificado. Alcanza a preguntar:

—¿Quién eres?

—…

—¿No me responderás?

—¿Alguna vez tus putas preguntas dan efecto?

—Solo las que yo quiero.

—Date vuelta, imbécil.

Con las manos levantadas, se da vuelta. No puede caer en sí mismo. Cree que está alucinando. No le resulta posible que todavía siga con vida. El interrogado le está apuntando. Se encuentra un poco herido, pero no parece tener nada grave. Y peor aún, no está muerto. Puede ver los tiros sobre su torso y en su cara. Mira con más atención, no son reales. Comienza a bajar levemente la mirada hacia el piso. El interrogador, por primera vez en ese día, se da cuenta de que no es único. De que otras personas también pueden engañar y tender trampas. Se siente minúsculo, común. Pero siempre todo pasó por su cabeza muy rápido, nunca fue una persona que se centró demasiado en lo que ocurría en su interior. Tiene otras prioridades. Y sin hacer excepción esta vez, se olvida rápidamente de toda su pequeñez y su ordinariez. Y ve ante él una ventaja, una forma de escapar. Un pacto que, sin quererlo, se había cumplido. Ambos estaban con vida. Y pensaba aprovecharse de eso.

—Qué bueno verte, amigo.

—Yo no soy tu amigo.

—¿Por qué esa actitud? Estamos los dos con vida.

—Querrás decir que yo lo estoy, tú das asco.

—Poca o mucha vida, es vida…

—Cuando te esfuerzas eres un sujeto agradable. Ahora, ¿por qué no me das lo que me pertenece?

—Logré conseguirlo. Me acordé de tus palabras.

—Que listo. Ahora dámelo.

—Ese no fue nuestro acuerdo.

—¿Acuerdo? No hay acuerdo, nunca hubo uno... Debo admitir que en un momento tuve miedo. No es algo que me suceda corrientemente. Pero estabas empecinado con saber dónde estaba. Y me matarías por eso, no tenías nada que perder. Tu encendedor fue la prueba final. Sabía que tramabas algo, así que gané tiempo. Pero echaste a perder todo. Te mostraste como un niño jugando con fuego. Y nos condenaste.

—Guau, nunca me elogiaron tanto.

—Dámelo.

—Podemos ser socios.

—¿Socios? Tu estúpida explosión mató a mi socio. Por poco a mí también.

—¿Te das cuenta? Eso significa que eres un tipo suertudo.

—Ya di demasiadas explicaciones, entrégamelo.

Pero el interrogador no se lo daría tan fácil. Tendría que arrebatárselo. Mientras conversaban planificó muchos escenarios. Se quedó con la mejor opción. El pedazo de escombro que tenía en su mano fue directo a la cabeza del interrogado. Y luego otra vez. Y otra vez…

De esta manera, la situación que desde unos cuantos minutos había tenido demasiados giros inesperados llegó a su final. Nunca existió un héroe o un villano, solo intereses. Y esos intereses llevaron a que todos accionaran a su manera, con su modo de ver los hechos. Es innecesaria la opinión personal. Cada cosa a cada cual. Antes de quedar inconsciente para no despertar jamás, el interrogado accionó el gatillo una sola vez. El interrogador se palpó rápido el pecho. El balazo no le había dado. Sonrió y pensó que hoy su suerte era inusual. Quince segundos después cayó desmayado al suelo. Unos veinte segundos más tarde la bala, que había entrado por encima de su axila, terminó de desagotar la sangre que le quedaba. Murió sin saberlo. El pequeño chip que tenía en su mano se perdió en la destrucción del lugar.

El sombrero del hombre, que había quedado en el medio del cuarto, comenzó a prenderse fuego. Además del hedor de los cuerpos también se olía a gas. Mala combinación.

El Balcón

Hay muchos días que me canso. Me canso de todo. Quedo abatido, desnudo. Pienso que no he avanzado nada. O que estoy en el principio nuevamente. Peor aún, que todo fue una ilusión, un falso sueño, una vaga esperanza. Algo que solo resultó. Simple magia.

Esos días los tienen todos. No me creo único. O por lo menos no en ese sentido. Pero las cosas pasan y el tiempo fluye. La *energía* que circula desde el principio de los tiempos sigue su curso, no se detiene. Y de ahí aprendemos nosotros. Llámese de diversas maneras: experiencias, ciclos, suerte, mitos, casualidad, destino, milagro, creencias, convicción, fe, vibras, sensaciones, estados, etc. Nos basamos en cualquiera de estas ficciones verdaderas que a pesar de sus diferentes nombres todas significan lo mismo: el amor hacia uno mismo. De ahí viene todo, de eso se empieza. Es la base de cualquier acción u objetivo que tengas. La pregunta obvia en este momento sería ¿te querés por cómo sos? La respuesta es simple, no. Si la respuesta fuera sí, todo lo anterior nombrado no existiría, o por lo menos no se consumiría descontroladamente. Si entienden lo que quiero decir. Pero el problema que pretendo contar no es este en particular. El problema fue cuando a mi obvia respuesta de no a la anterior pregunta, apareció un quizás y luego un sí. Y en esa metamorfosis de la respuesta, el tiempo, mi tiempo, ya se había perdido…

Cualquier hombre alguna vez, durante toda su vida, ha soñado con volar. Moverse a través del cielo a varios metros de altura de todo, sintiendo el aire helado entrar por todo su cuerpo, renovándole cada milímetro con cada respiro. Yo siempre lo soñé. Y hoy pensé de una vez por todas cumplirlo.

La mañana fue el momento ideal. Por la tarde, la mente se deprime un poco. Millones de años de evolución y la oscuridad hasta el día de hoy sigue incomodándonos, haciéndonos sentir pequeños, perdidos en la inmensidad del todo. Por eso, mejor la mañana, cuando el sol sale y uno sigue creyéndose pequeño, pero con autoridad. En ese momento uno dirige hacia dónde ir, puede ver.

Tengo una gran vista. Todo es tan claro, tan legible. Como si acabase de salir del vientre de mi madre y observara el exterior por primera vez. Los sentidos hacen su trabajo, el corazón impulsa sangre hasta el último hueco. El silencio relaja la mente. No hay pensamientos. La carne es blanca.

Mis pies están helados, la madera se roba mi calor: casi como caminar en un glaciar. Me voy hundiendo, la baranda es mi salvavidas; el balcón es mi refugio... La tierra me espera para que vuelva a ella.

Solo un momento más. Ya casi estoy. Caminando hacia mí, llegando hacia mí. O al menos eso creo.

Las marcas no se borraron. Nada se mueve salvo yo. Me siento, no quiero perder el equilibrio en el borde. Aún no. Unos segundos de fantasía primero, una última mirada, un último latido, una última verdad…

Me despliego, vuelo. Que liviano soy. Que ligero es todo. Mis brazos son infinitos, mis piernas me impulsan...

Pero la fantasía dura poco. Todas las apariencias engañan, en mayor o menor medida. Y hasta la más pequeña y liviana hoja debe caer…

¿Alguna vez se han preguntado qué sucedería si una persona decide suicidarse, por ejemplo, tirándose de un balcón y en el trayecto de su caída se arrepintiera?

A mí me ocurrió.

Una locura ¿verdad? El loco que quiso seguir. La esperanza que decidió vivir. Una luz que iluminó sus ojos. La verdad que marcó su camino. Etcétera, etcétera... Todo esto resumido en un violento abrir de mis ojos, un cambio en mi expresión. Ya no quiero volar, no quiero. Mi cuerpo ahora es pesado, cae con fuerza. Piernas y brazos se revolotean, pegan aullidos imaginarios, desean tener plumas. El ambiente me hace presión, me empuja a lo inevitable: hormigón armado, 9 de la mañana.

¿Qué harían ustedes en mi situación? Piénselo bien, no respondan apurados. Es una caída de unos pocos segundos. Los suficientes para que tu vida pase por delante de tus ojos y los suficientes para que tu arrepentimiento se exprese. Es como un flashback metido en otro flashback. Uno se despedaza, de repente vive demasiadas cosas en lugares paralelos. Como estar en todos lados pero a la vez en ninguno de ellos.

Alguno podría decirme "agarrate de cualquier cosa, caé encima de un árbol y amortiguá el golpe, intentá llegar a ese techo de lona que está en el negocio de la planta baja...", y así sucesivamente, planteando opciones surrealistas, ridículas, que solo ocurren en películas de acción con poco (o mucho) presupuesto para gastar. La verdad está escrita, amigo mío. No hay lugar para nada de eso. El tiempo mismo dura poco. Solo dos parpadeos y una oscuridad infinita.

Uno empieza a llorar. No siente las lágrimas, se las lleva el viento. Uno recuerda grandes momentos, que hacen que aquellos no tan buenos se vean pequeños, ínfimos. Uno desea experimentar nuevas cosas y aprender de los errores. Uno exige más abrazos, más miradas, más gestos de amor. Uno desea vivir.

Y entonces, en ese mismo instante todo lo que se hizo, lo que no se hizo y lo que se iba a hacer dan un giro irreversible, muestran una única salida: un frontón. Oscuro, bajo, sin salida. Y uno se entrega completamente a este. Pero no seguro de su decisión como la gran mayoría (o al menos eso es lo que todos creemos) sino que se entrega obligado, deslizado por su estupidez, esperando el *milagro*…

Se preguntarán, "¿Cómo escribió esta historia? ¿Sobrevivió? ¿La *suerte* estuvo de su lado?". Hay demasiados misterios sin resolver, uno más no va a despabilar a nadie. Solo puedo decir que no fue mi mejor decisión pero la afronté. Porque el arrepentimiento, desde cualquier punto de vista, también mata…

Los pasos del jefe de la policía retumban en el silencioso pasillo, reverberan y llegan a la puerta del departamento que se encuentra abierta, con gente en su interior esperando su presencia.

—Forense, póngame al tanto de la situación —la voz del jefe es clara, tiene autoridad.

—Tengo a mis hombres trabajando en esto desde hace unas horas y todo indica que fue un suicidio. No hay indicios que muestren o especifiquen lo contrario —el joven se muestra muy seguro de sí mismo y de su respuesta.

—Otro caso más de los tantos que vemos por día, por lo que veo… ¿Alguna última voluntad o testamento que haya dejado el fallecido?

—Por ahora no hemos encontrado nada, señor.

—Voy abajo a hablar con la prensa, en una hora quiero este departamento vacío.

El sargento da media vuelta y sale rápido del lugar. Al llegar a las escaleras, oye un grito del forense que lo llama:

—¡Señor, hemos encontrado una nota!

Vuelve lentamente, no fuerza su paso. Al entrar al departamento se percata de que toda la policía criminalística que hace unos momentos estaba revisando el interior del lugar se encuentra afuera, en la terraza.

El sargento pasa por entremedio de muchas personas, que contemplan al forense con un par de hojas. Su cara expresa miedo. El jefe de policía se da cuenta de eso.

—Estaba pegado al barandal, señor. Al parecer es una especie de manuscrito. Esta nota estaba encima del mismo —le entrega ambas cosas apresuradamente, como si quemaran—. La nota, señor, léala.

—Tranquilo, chico, ¿qué es lo que te preocupa tanto? —comienza a leer en voz alta, asegurándose de que todos lo escuchen:

"Nunca existió la duda en mí. Recuérdenme por esto.

Recuérdenme por mi último acto".

La leve sonrisa que tenía el sargento se borra de su rostro. Guarda la nota y mira el manuscrito. Se titula "El balcón". Lo lee. Un gemido de angustia logra salir desde el interior de su ser.

Folklore del alma

No sé muy bien qué sucedió ese día. Hay cosas que simplemente uno nunca va a entender. Este es un caso.

¿Alguna vez han despertado sin saber dónde están? Creo que a todos nos ha pasado. El problema es cuando esta *pérdida* pasa de un par de segundos a varias horas…

Entre toda la confusión, imagínense que en el lugar donde me encuentro no hay nadie. Ni un alma. Como si todo se resumiera a mí en ese momento. Inspecciono este pequeño bosque donde hay algo, que aún no puedo describir, que lo hace mágico.

La luz me ciega. Es fuerte, tiene vida, hasta me hace daño… ¿O es que uno ya no está acostumbrado a ver el cielo y todo lo que nos rodea? No importa, debería seguir, encontrar ayuda.

Veo una persona, a lo lejos. Me detengo, es como si supiera quién es, pero aun así no la recuerdo. Me acerco rápidamente. Es un anciano: está de espaldas y toma mate mientras ve el paisaje. Parece que es parte de este todo. Su imagen da tranquilidad, calma y por un momento dudo en molestarlo. Esa integridad que se siente en el ambiente no es algo de todos los días.

Se incorpora lentamente. Su bastón ya es una extensión más de su cuerpo, deduzco que hace años lo usa. Pasa a mi lado y se adelanta, metiéndose de lleno en el bosque.

Por enredarme en mis pensamientos, lo pierdo de vista. Corro desesperado hacia donde lo vi irse. Más allá de que esté perdido y no recuerde mucho, hay algo más que me impulsa a moverme, algo que me da alegría y tristeza a la vez, algo más...

Tropiezo, caigo, ruedo. Maldigo a todo ser vivo. Mis venas florecen, expresan mis pensamientos.

El anciano está a mi lado. Me asusto al verlo de repente. Me ayuda a levantarme.

El anciano se mueve veloz. Lo sigo, salgo de toda esa maleza. Ahora el paisaje está totalmente abierto. La luz del sol ilumina a todos por igual. El viejo me espera sentado. Junto a él, una mesita con el infaltable mate y otra silla. Algo nuevo y en cierto punto inquietante para mí: parece un tipo de invitación.

Me está mirando. Transmite confianza, mis miedos desaparecen. Con una leve sonrisa me acerco y me siento. Hay un largo silencio, ninguno de los dos mira al otro, solo contemplamos el paisaje. El mate pasa varias veces por nuestras manos. Mi respiración es lenta y fluida, mi mente está totalmente en blanco. Cuando me doy cuenta, descubro que en ese preciso momento estoy compenetrado con lo que me rodea.

Cierro los ojos y lo siento: soy libre.

El anciano está inclinado, tratando de agarrar algo que se encuentra en el suelo. No logro ver qué es. Se incorpora y me lo muestra. Es un diente de león. Su mirada contagia alegría. Sopla silenciosamente y todas las cipselas de esta planta se desprenden, suben y bajan como una danza infinita por el viento, que las termina alejando de nuestra vista...

De repente lo entiendo todo. Nuestras miradas se conectan. ¿Cómo pude estar tan ciego? Ya no es más un extraño para mí. Él también lo nota y se alegra. Apoyo mi mano derecha sobre su hombro. Nos reímos. Lloramos de felicidad.

Charlamos durante toda la tarde. El mate nos acompaña. Se recuerdan viejas anécdotas, se cuentan muchas nuevas.

El día comienza a despedirse lentamente. Las nubes, con un tono rosado, nos indican que el sol se está marchando. Unos últimos rayos muy débiles caen sobre nosotros, sobre nuestros rostros.

Hace unos minutos que estamos sobre un profundo silencio.

—¿Por qué estamos acá?

—De vez en cuando, las cosas salen como a uno le gustaría que salieran. De vez en cuando, lo perfecto existe…

El sol se iba difuminando y empezábamos a ser siluetas sobre un paisaje abstracto.

Lloro por dentro. Las heridas sangran, sangran. Trato de no quebrarme.

A algunos se les da una chance más. A mí se me dio.

El sol termina de esconderse. Caemos a un callado abismo, juntos. No logro ver nada. No escucho ningún ruido. No estoy parado, tampoco sentado. Floto en la nada misma. Es como si todo se resumiera en un bello acorde.

Y, de repente, vuelvo a mí.

Suena *El Arriero*, de Atahualpa. Abro los ojos. El sol se esconde y los últimos rayos chocan contra el piso de madera del comedor. Lo miro. Estamos sentados en el sillón, nos habíamos quedado dormidos ahí. Se encuentra sereno, los músculos de su cara están relajados. Una minúscula pero poderosa sonrisa está visible en su rostro. No hay mal, no hay bien, no hay nada. Solo paz.

Aún sostengo su mano. Está helada. Yupanqui canta "las penas son de nosotros, las vaquitas son ajenas". Comprendo al fin ese algo que me daba tanta alegría y tristeza a la vez. El sol termina de ponerse, dando paso a la noche.

No queda más que viento y la triste pero necesaria verdad.

Nicolás Di Cataldo

Mendoza, Argentina, 1994.

Escribe desde que tiene memoria: comenzó con obras teatrales en el colegio hasta críticas y análisis de películas en páginas web. Actualmente, trata de abrirse paso en el mundo cinematográfico escribiendo guiones de series de televisión y largometrajes.

Una combinación de cosas que solo tienen tu sentido es su primer libro publicado, del cual durante estos años ha estado compartiendo algunos relatos en redes sociales.

Editorial
www.tintadeluz.com.ar
+54 9 261 3014073
info@tintadeluz.com.ar
Mendoza, Argentina.